voquer à cet effet l'assemblée de ses parens,
dans le cas où ils ne voudraient pas se rendre
volontairement chez le Juge, il lui suffira,
pour cet effet, de se rendre chez le Juge de
Paix de son domicile, et de lui demander
une cédule pour convoquer cette assemblée.
Elle pourra être conçue en cette forme.

Cédule pour convoquer les Parens.

« Nous, J. B. . . . . . Juge de Paix du
« bourg de . . . . . . à la réquisition de N.
« colas André, fils mineur d'André le Clerc,
« et de défunte Marie Benoît, sa mere,
« procédant sous notre assistance, à l'effet
« des présentes,

« Mandons, à tous parens paternels et
« maternels dudit Mineur, auxquels la pré-
« sente sera notifiée,

« De se rendre et trouver le tel jour,
« à telle heure, en notre demeure ordi-
« naire, à . . . . . .

« Pour délibérer et donner leur avis sur
« l'émancipation que requiert ledit Mineur.
« Donné par nous, etc. » (Comme ci-dessus.)

Le nombre des parens qui doivent concourir à l'émancipation n'est encore fixé par
aucune loi positive. L'usage, à Paris, est
d'en appeler au moins sept, comme pour les
nominations de tuteurs.

Lorsque c'est le pere ou la mere survivant
que l'on nomme curateur des biens du mineur, il est nécessaire de lui nommer de plus
un curateur particulier pour assister le mineur
dans toutes les opérations relatives à la suc

NOUVEAUX

CONTES MORAUX.

DE L'IMPRIMERIE DE D'HAUTEL,

RUE DE LA HARPE, n°. 80.

NOUVEAUX
CONTES MORAUX,

Par MISTRISS OPIE;

traduits de l'anglais

PAR

M. AUBERT DE VITRY.

Beaucoup de personnes s'imaginent que les autres
prennent autant de plaisir qu'eux-mêmes à ce qui les
intéresse et les amuse. Aussi l'auditoire les laisse-t-il
souvent au milieu de leurs interminables histoires.

SHAKESPEAR.

TOME SECOND.

AVEC UNE FIGURE.

A PARIS,

Chez ARTHUS BERTRAND, Libraire,
rue Hautefeuille, n°. 23.

1818.

NOUVEAUX
CONTES MORAUX.

LES MENSONGES INNOCENTS.

Clara Delancy et Éléonore Musgrave lisaient ensemble le dernier volume d'un livre très-intéressant, quand elles apprirent l'arrivée de mistriss Somerville qui venait leur rendre une visite du matin.

« Quelle fâcheuse interruption ! s'écria Clara.

« On ne peut plus fâcheuse, ajouta Éléonore ; j'espère que cette femme ennuyeuse ne restera pas long-temps : je voudrais qu'elle fût à l'autre bout du monde. »

Mistriss Somerville entrait en ce mo-

II.

ment. Éléonore courut au devant d'elle, lui tendit la main, et l'assura qu'elle était enchantée de la voir. Clara se contenta de lui demander comment elle se portait, et de l'engager à s'asseoir.

« Je crains de vous déranger, dit mistriss Somerville.

« Pas le moins du monde, répondit Éléonore, et quand cela serait, nous nous trouverions heureuses d'être dérangées ainsi. »

Clara garda le silence.

La conversation roula, suivant l'usage, sur le temps, sur les modes, sur tous les sujets dont on s'occupe ordinairement dans le monde, quand on n'a d'autre but que de tuer le temps, au lieu de chercher à le mettre à profit.

Clara et Éléonore avaient pourtant l'esprit cultivé; elles auraient pu soutenir un entretien raisonnable beaucoup mieux que bien des femmes; mais une conversation de cette espèce n'aurait pas été à la portée de mistriss Somerville.

Les objets frivoles dont elles s'occupaient finirent par s'épuiser. Un heureux silence de quelques instans faisait espérer aux deux cousines la fin de la visite, quand mistriss Somerville s'écria : « A propos, mesdemoiselles, avez-vous entendu dire que mistriss Harrison a donné un bal ?

« Dites plutôt une petite danse impromptu, dit Clara.

« Une petite danse ! non vraiment ! » s'écria Eléonore, en faisant un signe à Clara : « c'était bien un bal, le bal le plus charmant qu'on puisse voir ! »

— «Vous y étiez donc, miss Musgrave? »

— « Nous y étions toutes deux. — Mais pourquoi donc ne vous y avons nous pas vue? »

« Oh ! » répliqua mistriss Somerville, en relevant la tête et en se pinçant les lèvres, « il n'était pas vraisemblable que M. et mistriss Harrison nous invitassent à leurs fêtes splendides. Mais quand ils l'auraient fait, nous n'y serions pas allées,

car nous n'avonsp as le moyen de rendre
des bals, et des fêtes.

« Mais en vérité, « dit Clara, » ce n'était
ni un bal, ni une fête. »

« Que voulez-vous dire Clara? » s'écria
Eléonore : « n'y avait-il pas plusieurs
contre-danses, la meilleure compagnie
des environs, un souper délicat, une
excellente musique? »

« Sans doute il y avait bonne compagnie, » reprit Clara; « mais elle n'était
pas très nombreuse. C'étaient quelques
amis réunis pour célébrer le jour de la
naissance de leur fille aînée, et le retour
du jeune Harrison de son premier
voyage aux Indes orientales. Des enfans
composaient la moitié de la société.
Quant au souper.... »

« Il était aussi élégant que recherché, »
dit Eléonore en s'empressant de l'interrompre, « aussi bien ordonné que le
reste de la fête, quelque nom que vous
veuilliez lui donner.—Du gibier, une
hure de sanglier, un pâté d'oie d'Ecosse,
des ananas, des raisins, des confitures

des Indes, du Champagne, en un mot...»

« Je ne puis trop m'étonner, » s'écria mistriss Somerville, en se levant brusquement, « de l'imprudence d'un homme qui, après avoir fait banqueroute il n'y a pas six mois, et n'ayant pas encore obtenu la signature de son contrat d'attermoiement, ose donner des fêtes si somptueuses, des repas si coûteux ! »

« Je vous assure, madame, que vous êtes dans l'erreur, » dit Clara : « je suis certaine que de souper ne leur a presque rien coûté, et... »

« Oui, oui; miss Delancy, je comprends fort bien vos motifs. Vous n'écoutez que la bonté de votre cœur; vous désirez les excuser à mes yeux, et je sais pourquoi. Mais miss Musgrave m'a dit la vérité et... Bonjour, mesdemoiselles, quand mon mari aura fait banqueroute, et *aura l'air* de ne pouvoir payer que cinquante pour cent, alors nous donnerons de beaux bals, et des soupers magnifiques. — Bon jour, mesdemoiselles, bonjour. »

«Existe-t-il une femme plus méchante, plus envieuse, plus haïssable, » s'écria Eléonor, dès que mistriss Harrison se fut retirée : « je n'ai parlé comme je l'ai fait que pour la tourmenter ; parce que je sais qu'elle a toujours été jalouse de la charmante mistriss Harrison, et les malheurs de son mari n'ont pas même pu adoucir le cœur de cette Somerville.

— « Mais pourquoi toutes ces hyperboles? Pourquoi risquer de leur nuire pour le plaisir de la mortifier ? Vous savez que presque tout ce que vous avez dit, était absolument faux, et que votre récitentier était fort exagéré. »

— « Pouvez-vous nier qu'il n'y eût sur la table tout ce dont j'ai parlé? »

— « Non. Mais vous savez comme moi que la hure de sanglier et le pâté d'oie étaient un présent d'un de leurs parens qui demeure en Ecosse ; que l'ananas et les raisins venaient des terres chaudes de leur ami sir Charles Mowbrai qui les leur avait envoyés, que les confitures des Indes en avaient été rapportées par

leur fils, et que ce qu'on nommait champagne en plaisantant , n'était que du vin
de groseilles fait pas mistriss Harrison
elle-même. La musique dont vous avez
fait tant d'éloges, consistait en un piano
touché par miss Harrison, et un tam-
bourin dont jouait sa jeune sœur. Voilà
pourtant les plaisirs simples et peu coûteux dont vous avez fait une fête brillante
qui conviendrait si peu à leur fortune
actuelle. »

— « Peu importe. Mon but était de
mortifier cette femme, et j'y ai réussi.
Tout ce que je regrette, c'est de n'avoir
pas employé pour ma description des
couleurs encore plus poétiques.

— « Si l'éxagération est de la poésie,
vous n'avez rien à regretter. Il s'en trouve
toujours assez dans tout ce que vous en-
treprenez de peindre. »

— « Eh bien, quel mal y a-t-il à exa-
gérer un peu, à faire un petit mensonge
innocent ?

— « Il y en a beaucoup. N'avez-vous

pas lu dans un célèbre auteur français :
Rien n'est beau que le vrai ; le vrai seul est aimable.

« Qui sait quelles peuvent être les conséquences d'un seul mensonge ? l'écriture ne dit-elle pas qu'il n'y a de salut que dans la vérité ? »

— « Cependant, toute vérité n'est pas bonne à dire. Il en est qui seraient fort désagréables. Par exemple, fallait-il dire à cette méchante femme que sa visite nous était importune, et que nous aurions désiré qu'elle fût bien loin ? »

— « Cela n'était pas nécessaire, mais il ne l'était pas plus de lui dire que vous étiez *enchantée de la voir*, et que vous vous trouviez *heureuse d'être dérangée ainsi*. »

— « Mais quel mal à tout cela, si ce n'est la mortification qu'elle a éprouvée, et que je désirais qu'elle éprouvât ? Que peut-il résulter de fâcheux de ma pompeuse description de ce que j'ai appelé le bal de mistriss Harrison ? »

— « Je ne sauraisle dire : mais je crois que M. Somerville est le principal créancier de M. Harrison. »

— «Cela est vrai!» dit Éléonore en tressaillant. « Je l'avais oublié, je suis fâchée
d'avoir parlé comme je l'ai fait. Oui cela
pourrait avoir des suites fâcheuses. »

— « Je crois que vous feriez bien d'aller
chez mistriss Somerville, et de lui avouer
que votre description était fort au-dessus
de la réalité. »

— « Aller lui dire que j'ai menti pour
m'amuser à ses dépens ! Non en vérité,
je n'en ferai rien. D'ailleurs elle ne me
croirait point ; vous avez bien vu qu'elle
n'a pas voulu vous écouter.—Mais allons,
Clara, c'est assez prêcher, reprenons
notre livre. »

On continua la lecture. L'intérêt qu'elle
inspirait fit oublier la prétendue fête
donnée par mistriss Harrison. Mais on
verra que mistriss Somerville eut la mémoire plus fidèle,

Ces jeunes personnes avaient été con-
fiées aux soins de M. Morley par une
vieille parente qui leur avait laissé une
fortune considérable.

Elle avait mis pour condition à sa li-
béralité, que ses deux pupilles n'entre-
raient en possession de leur fortune qu'à
l'âge de vingt-cinq ans, et que jusques-là
elles résideraient dans la maison de M.
Morley, à moins qu'il ne jugeât à propos
de les mettre en pension.

Eléonore était orpheline. Sa tante l'a-
vait placée dans une pension à la mode,
et après la mort de celle-ci, M. Morley,
par respect pour les intentions de la
défunte, crut devoir y laisser sa pupille
jusqu'à ce qu'elle eût atteint l'âge de dix-
sept ans, époque à laquelle il la fit venir
chez lui.

Clara y était déjà. Jamais elle n'avait
été mise en pension; elle avait eu le bonheur d'avoir une mère sage, vertueuse,
accomplie sous tous les rapports, et qui
alla demeurer avec sa fille chez M. Morley
pour se dévouer entièrement à son éducation. Elle ne vécut que le temps nécessaire pour exécuter ce projet, et Clara
venait de completter sa dix-huitème
année, quand une fièvre maligne la priva

de cette mère respectable qui n'avait pas encore trente cinq ans.

A l'époque où commence notre histoire, M. Morley attendait tous les jours son neveu Sidney Davenant qui avait passé huit ans aux Indes orientales où il avait acquis dans le commerce une fortune considérable, et qui revenait en Angleterre pour en recueillir une plus brillante encore que lui avait laissée un frère aîné de M. Morley.

Comme Sidney Davenant avait été élevée par ce dernier, et qu'il demeurait chez lui avant son départ pour les Indes, il n'était pas étranger à ses deux pupilles. Il avait même laissé dans la mémoire de Clara Delancy plus âgée de deux ans qu'Eléonore, une si forte impression ; que malgré toute sa raison, l'idée du prochain retour de Sidney lui causait une émotion dont elle ne pouvait se défendre. Son tuteur n'y contribuait pas peu par les plaisanteries qu'il se permettait à ce sujet: plaisanteries toujours dangereuses et quelquefois mêmes funestes pour la

tranquillité des jeunes personnes, à qui
elles donnent des idées qui ne se seraient
peut-être jamais présentées à leur esprit.

« Allons, mes filles, » leur disait-il
souvent, en finissant de dîner; «buvons
à la santé du beau Nabab, (1) et puisse-
t-il faire un bon mari pour l'une de
vous! »

En parlant ainsi, il clignait l'œil d'un
air malin; mais Clara remarqua que ses
regards se fixaient toujours sur Eléonore,
et elle en conclut qu'il pensait que c'était
sur sa cousine que se fixerait le choix de
Davenant, s'il en faisait un entre elles.

« Rien n'est moins étonnant, » pensait l'humble Clara : « Elle est si jolie;
ses manières sont si vives, si attrayantes!
Je ne sais pas flatter comme elle, et plus
je suis vivement affectée, moins je
trouve de termes pour exprimer ce que
je sens. » Elle aurait pu ajouter : « Eléo-

---

(1) Nom qu'on donne communément en Angleterre à tous ceux qui se sont enrichis dans les Indes.
(*Note du traducteur.*)

nore d'ailleurs, est plus riche que moi. »
Mais quoique M. Morley n'oubliât pas
cette considération quand il songeait aux
attraits de ses deux pupilles, Clara était
trop jeune, trop désintéressée, pour
que la supériorité d'Eléonore à cet
égard pût lui inspirer quelque crainte.

« Clara, » dit un jour Eléonore à sa
cousine, « que pensez-vous de ce Nabab,
si impatiemment attendu? »

— « Ce que j'en pense, Eléonore?
En vérité je... je ne sais trop que vous
dire. D'après ses lettres, d'après tout ce
que nous en avons entendu dire, ce doit
être un homme estimable. — Je me souviens qu'il avait beaucoup d'amitié pour
moi, quand je n'étais qu'une enfant. »

— « Je puis dire qu'il m'en témoignait
aussi. Mais je n'ai conservé aucun souvenir de sa figure, et je crois que j'aurais
oublié jusqu'à son existence, si notre
tuteur n'avait soin de nous la rappeler
souvent. »

— « Quand même son nom n'eût
jamais été prononcé devant moi, je ne

l'aurais pas oublié. Je me souviens que je pleurai amèrement lors de son départ. »

— « Mais vous étiez plus âgée que moi. »

— « Oui, de deux ans. »

— « N'est-ce que de deux ans? — Mais, ma chère, vous ne répondez pas à ma question. Je ne vous demande pas ce que vous pensez du style épistolaire du Nabab, ni des bonnes qualités dont on veut bien l'orner : je désire savoir si vous avez dessein de *tendre vos filets* pour le prendre, comme dit notre tuteur. Quant à moi, je veux bien vous avertir que c'est mon projet. »

« Eh bien, » dit Clara d'une voix faible, « je ne mettrai pas d'obstacle à sa réussite. Je n'ai pas assez de vanité pour entrer en lice avec vous. Mais que dira le capitaine Lethbridge? »

— « Grand merci, mon humble cousine. Quant au capitaine, il dira tout ce qu'il voudra. Mais songez bien que s'il en coûte trop à votre cœur pour

abandonner toute chance de plaire à
cet Adonis des Indes, je n'exige pas que
vous renonciez à vos prétentions ».

En parlant ainsi, elle se regardait
avec complaisance dans une glace, et
pensait, comme Clara le pensait mo-
destement elle-même, que le triomphe
pour être disputé n'en serait que plus
glorieux.

Que pouvait opposer Clara à une
rivale si redoutable ? Une physionomie
pleine d'expression, brillante d'intelligence, de douceur, et annonçant un
cœur, séjour de l'innocence et de la
candeur. L'amour de la vérité se lisait
sur son front, comme il réglait ses
actions et inspirait ses discours. Un rien
suffisait pour appeler des couleurs vermeilles sur sa peau blanche et trans-
parente, et son sourire était un gage
certain de confiance et de bienveillance
qui ne manquait jamais d'inspirer le
même sentiment à tous ceux à qui il
s'adressait. Sa présence répandait l'enjouement autour d'elle, et si Eléonore

était sûre d'exciter une admiration sans
bornes, Clara ne l'était pas moins d'obtenir un attachement involontaire.

Elles étaient presque égales en avan-
tages extérieurs ; toutes deux étaient
grandes et bien faites, mais les traits
réguliers d'Eléonore produisaient plus
d'effet au premier moment. Toutes
deux avaient les talens jugés nécessaires
à l'éducation d'une jeune demoiselle ;
mais Clara était meilleure musicienne
et chantait avec plus de goût et d'expression.

Clara avait sur sa cousine un avantage
bien autrement important. Celle-ci avait
perdu ses parens dans son enfance ; son
cœur et son esprit n'avaient reçu d'autres principes que ceux qu'on peut puiser
dans une pension. Clara au contraire
avait profité des conseils et de l'exemple
d'une mère vertueuse, qui avait pris
soin de semer dans son âme les germes
de la religion et de la morale. Ces germes
s'étaient développés, et continuaient à

porter des fruits, quoi que celle qui les
avait cultivés n'existât plus.

. Clara ne se trompait pas tout à fait,
en pensant qu'elle n'avait pas autant de
moyens de plaire que sa cousine. Éléonore dont les principes étaient un peu
relâchés, et qui, lorsqu'elle cherchait
à subjuguer le cœur de quelqu'un, trouvait également bon tout chemin qui la
conduisait à son but, même en l'écar-
tant des sentiers de la vérité, était toujours de l'avis de ceux avec qui elle se
trouvait, surtout quand ils étaient du
nombre de ceux que le monde appelle
des gens respectables, c'est-à-dire riches
ou puissans. Un esprit fin et délié la
préservait pourtant du danger de laisser
trop apercevoir cette complaisance et
cette versatilité d'opinion. Même lorsque Clara était le plus choquée de la voir
trahir grossièrement la vérité, elle ne
pouvait s'empêcher d'admirer l'adresse
consommée avec laquelle elle savait
conserver l'apparence de la sincérité.
«Que pourrais-je opposer à tant d'art et

à tant de charmes? » pensait-elle toutes les fois qu'un secret désir de disputer à sa cousine le cœur de Davenant se présentait malgré elle à son esprit.

Malheureusement, Clara se souvenait que Davenant l'appelait autrefois *sa petite femme*, et qu'elle avait un jour entendu sa mère dire à demi-voix à M. Morley : « Davenant nomme Clara sa petite femme. S'il était dans son âge mur, ce que promet sa jeunesse, et que je visse cette union se réaliser, je croirais avoir assez vécu ! » Depuis ce moment, (tant il est vrai que les parens doivent bien prendre garde à ce qu'ils disent devant leurs enfans) le petit cœur de Clara qui n'avait alors que treize ans, conserva soigneusement l'image du compagnon de ses jeux. Il avait même continué à donner à Clara, devenue jeune personne, le nom d'amitié qu'il lui donnait dans l'enfance, et il le lui avait encore conservé dans une lettre qu'il lui avait écrite pour déplorer avec elle la perte d'une mère qu'il idolâtrait.

lui-même. En dépit de ses réflexions, Clara ne pouvait s'empêcher de nourrir dans son cœur tous ces souvenirs.

« Sur ma parole, Clara, » lui dit un jour Eléonore, « vous rougissez avec tant de grâces, toutes les fois qu'on parle de l'Adonis Indien, que je vous soupçonne d'être disposée à concevoir pour lui de tendres sentimens. Parlez-moi franchement, ne le croyez-vous pas aussi ? »

Clara interrogeant son cœur, était assez embarrassée pour répondre, quand un domestique apporta à Eléonore un billet de lady Sophie Mildred, épouse de sir Richard Mildred, qui demeurait dans le voisinage, et avec laquelle elle était intimement liée. Cette dame l'invitait à venir dîner avec elle *en famille*, et ajoutait qu'elle viendrait la prendre à une heure qu'elle lui indiquait.

« Dites au domestique qu'il assure sa maîtresse que je serai prête à l'heure qu'elle m'indique », répondit Eléonore.

Et ne songeantplus à la question qu'elle
venait de faire à Clara, elle alla faire sa
toilette pour être prête, quand lady Sophie arriverait.

L'enfant gâté de cette dame, unique
héritier de sir Richard Mildred, riche
baronnet, d'une ancienne noblesse, et
jouissant d'une grande influence, était
confié aux soins d'un homme respectable qui recevait chez lui huit élèves, à
l'éducation desquels il travaillait trop
conscientieusement pour pouvoir plaire
à une mère faible et sans principes,
telle que lady Sophie.

En conséquence, elle avait employé
tous les moyens possibles pour décrier
M. Bellamy dans l'esprit de sir Richard :
elle l'avait accusé de traiter son fils avec
trop de sévérité, et lui avait déclaré
qu'elle ne serait jamais heureuse, tant
que son cher Auguste resterait sous la
férule d'un pareil tyran. Mais elle parlait à un sourd. Sir Richard voyait que
l'enfant, en dépit de sa paresse, finissait par apprendre quelque chose, et

il connaissait trop bien la faiblesse de lady Sophie pour céder à ses instances.

C'était dans le sein de la compatissante Eléonore, que cette tendre mère avait coutume de déposer ses plaintes contre la dureté de son époux. L'obstination de sir Richard, la mauvaise humeur de sir Richard, étaient pour elle des sujets inépuisables de conversation, qui n'étaient variés que par le récit des souffrances du pauvre Auguste à sa pension. Eléonore savait d'avance que cette invitation à dîner, était le prélude de quelque nouvelle confidence de cette espèce.

Lady Sophie arriva à l'heure marquée, et en retournant chez elle, il fallut aller voir l'enfant chéri. Elle arriva à la pension dans un mauvais moment. Par une fenêtre ouverte, elle vit M. Bellamy tirer rudement par le bras le charmant Auguste dont la figure était rouge et enflée, et les cheveux tout en désordre.

« Le misérable ! le scélérat ! » s'écria lady Sophie : « il tuera mon enfant, je

suis sûre qu'il le tuera ! » et elle se précipita dans la salle, suivie d'Eléonore
qui avait vu tont ce qu'avait vu la tendre
mère, mais sans en tirer les mêmes
conclusions.

A la vue de sa mère, l'enfant courut
se précipiter dans ses bras, muet de
colère, sanglotant, et ne respirant que
vengeance. Celle-ci le serra tendrement
contre son sein, et ne put d'abord prononcer que ces mots : « cher enfant !
pauvre Auguste ! »

Cependant Eléonore regardait un
autre enfant qui avait été appelé au milieu de la classe pour une faute, et dont
le sang coulait le long de la joue, par
une blessure faite à une oreille.

« Comment cet accident est-il arrivé
à cet enfant ? » demanda Eléonore à
M. Bellamy qui attendait avec calme et
dignité les questions de lady Sophie.

« C'est M. Auguste qui a déchiré l'o-
reille à cet enfant, répondit-il à Eléonore. »

A ces mots, l'aimable Auguste frappa

la terre du pied avec violence, poussa des hurlemens de rage, et lady Sophie, craignant qu'un tel accès de colère n'eût des suites funestes pour l'enfant chéri, l'entraîna dans une autre chambre, afin que rien ne choquât plus ses yeux et ses oreilles, et pria Eléonore de l'y suivre.

Dès qu'elle y fut, elle demanda à Auguste pourquoi son maître le tirait si rudement par le bras, à l'instant où elle était arrivée.

« J'ai eu une querelle avec Felton, » dit-il d'une voix encore entre-coupée par la colère. « Le vieux Bellamy m'a donné tort, comme à l'ordinaire, et il allait me punir, quand vous êtes entrée ! »

« Mais il vous avait déjà puni, le brutal ! » s'écria lady Sophie : « votre joue est enflée des coups qu'il vous a donnés, et j'y vois encore les marques de ses vilains doigts. »

« Et voyez mes cheveux tout arrachés ! » dit l'enfant.

Lady Sophie vit qu'effectivement il lui manquait des cheveux à plusieurs endroits. « Je vais l'emmener à l'instant même, » dit-elle, « et j'espère bien qu'il ne reviendra plus chez cette brute, quand sir Richard sera convaincu par ses propres yeux de la manière dont le vieux Bellamy traite ce malheureux enfant. Vous en êtes témoin, miss Musgrave, » ajouta-t-elle.

— « Je n'ai pas vu M. Bellamy frapper M. Mildred, madame. »

— « Non, mais vous voyez des preuves évidentes qu'il vient d'être battu, et vous avez vu comme il le tirait avec violence au milieu de la chambre. »

— « Oui, madame, mais non pas par les cheveux. »

— Oh ! pardonnez-moi, je suis sûre moi de l'avoir vu ? Ne voyez vous pas vous-même qu'on lui en a arraché ? »

— « Sans doute. Mais rien ne prouve que ce soit M. Bellamy. Auguste ne l'en accuse pas. »

— « Et qui aurait pu le faire, si ce

n'est lui? mais je ne souffrirai pas que ce
misérable maltraite plus long-temps
mon pauvre enfant.—Parlez, Auguste,
vous voyez que miss Musgrave ne me
croit pas. Est-ce M. Bellamy qui vous a
traité ainsi? »

« Oui ! » s'écria l'enfant qui voyait
que sa sortie de la pension dépendait
de ce fait. « Oui, c'est lui, et c'est
par méchanceté qu'elle ne veut pas
le dire. » Et en même temps il donna
un grand coup de coude à Eléonore qui
fut réduite au silence, mais non convaincue.

Lady Sophie lui dit alors que la plus
grande preuve d'amitié qu'elle pût lui
donner, était de confirmer par son
témoignage, ce qu'elle allait dire à son
mari sur la manière dont le vieux Bellamy traitait son fils, et dont elle avait
elle-même été témoin. « Car, » ajouta-
t-elle, « sir Richard ne me croirait pas.
Il dirait que c'est une ruse de mon in-
vention pour retirer de pension mon
petit ange. Ainsi donc, ma chère amie,

2

toutes mes espérances de paix et de bonheur reposent sur vous ; car sir Richard doute toujours de la vérité de ce que je lui dis. »

« Quel triste aveu pour une femme ! » pensa Eléonore , et elle commença à croire que Clara pouvait bien avoir raison d'attacher tant de prix à l'habitude de dire la vérité , même quand il ne s'agissait que de bagatelles.

Auguste étant alors appaisé , lady Sophie le prit par la main , rentra dans la salle , armée de toute sa dignité , et dit à M. Bellamy qu'elle emmenait son fils , et qu'elle espérait déterminer sir Richard à ne pas le renvoyer dans un endroit où il était ainsi maltraité.

« Si vous y réussissez , milady , » répondit M. Bellamy d'un ton froid et ferme , « vous me rendrez un grand service , en me débarrassant de l'élève le plus indocile , et le plus incorrigible que j'aie jamais rencontré. » En même temps il donna ordre qu'on fît avancer la voiture de lady Sophie.

« Le vieux Bellamy se donne de jolis airs ! « s'écria-t-elle dès qu'elle fut dans son équipage. » Charmé de perdre mon fils ! je n'en crois pas un mot. Le croyez-vous ma chère amie ? »

Eléonore ne répondit rien , parce qu'elle le croyait bien véritablement. Elle était d'ailleurs occupée à regarder les deux enfans , Auguste à la portière, et Felton à la croisée ; ils se lançaient des regards de colère à peu-près comme des chats qui jurent en se menaçant sur une gouttière , et elle était très-portée à croire que l'oreille déchirée était l'effet ou la cause de la joue enflée et des cheveux arrachés du cher Auguste. Mais la mère et le fils avaient résolu que le vieux Bellamy (c'est ainsi que par mépris ils désignaient un bel homme de trente six ans) , serait le seul coupable , et Eléonore ne voyait pas qu'il lui fût possible de les contredire.

Sir Richard Mildred était un homme grave et sérieux dont l'abord glaçait d'effroi toute sa famille , et surtout sa femme qui tremblait devant lui, quoiqu'elle fit trembler tous les autres. Jamais il ne changeait rien à une résolution qu'il avait prise, et lady Sophie ayant plus d'une fois reconnu l'inutilité de ses efforts, n'opposait plus la moindre résistance à ses volontés. Sir Richard était naturellement grondeur et caustique ; lady Sophie pour se mettre à l'abri de ses reproches et de ses sarcasmes, avait eu si souvent recours à ces mensonges qu'on nomme innocens, qu'elle avait raison de dire qu'il ne croyait rien de ce qu'elle disait, et lorsqu'il la vit revenir avec Auguste, quoique ce fût un jour de congé, il se prépara à la gronder de cette indulgence déplacée, et à ne rien croire de ce qu'elle pourrait alléguer pour la justifier.

Lady Sophie vit l'orage se former sur son front, et saisie en présence de son mari d'un tremblement qui lui était assez habituel, elle raconta son histoire d'une manière si confuse et si obscure, que sir Richard lui déclara qu'il n'y comprenait rien. Elle lui dit alors que miss Musgrave avait été témoin de tout ce qu'elle lui disait, et voyant que cette assertion l'engageait à écouter avec plus d'attention, elle reprit courage, mit dans son récit plus de suite et de netteté, et finit par donner la joue enflée et les cheveux arrachés pour preuves de la cruauté du vieux Bellamy.

— « Du vieux Bellamy, madame ! donner le nom de vieux à un homme qui n'a pas quarante ans ! »

— « Sans doute j'ai tort. C'est Auguste qui l'appelle ainsi. »

— « Alors Auguste mériterait le fouet pour son impertinence. — Mais que je comprenne bien. Voulez-vous dire que ce soit M. Bellamy qui ait traité Auguste Mildred, mon fils, avec cette violence brutale ? »

— « Oui, je le soutiens ; et miss Musgrave vous le dira comme moi. — N'est-il pas vrai, Eléonore ? N'avez-vous pas vu le vieux..... M. Bellamy traîner Auguste par les cheveux ? »

Certainement, milady, je l'ai vu....
le traîner rudement au milieu de la
chambre. »

« Par les cheveux? » s'écria sir Richard.

Lady Sophie jeta un regard suppliant
sur Eléonore qui répondit en baissant
les yeux : « oui, je l'ai vu. »

« Et ajouta-t-elle, sans s'expliquer davantage, les traces du soufflet, qu'on
ne distingue presque plus, étaient alors
empreintes sur sa joue. »

« Je suis stupéfait, confondu, lady
Sophie! » dit sir Richard. « Sans le témoignage de miss Musgrave, je n'aurais
jamais cru cette histoire ; mais puisqu'elle me l'assure, je n'en puis douter.
Je vais écris à M. Bellamy que je ne crois
pas que les coups et les mauvais traitemens soient une bonne méthode d'é-
ducation, et que je vais chercher pour
Auguste un maître d'un caractère plus
doux. »

Sir Richard les quitta pour aller écrire
à M. Bellamy, et lady Sophie remercia

vivement son amie du service signalé
qu'elle venait de lui rendre ainsi qu'à
son fils, et l'assura qu'elle n'en perdrait
jamais le souvenir.

Mais toute la reconnaissance et toutes
les caresses de lady Sophie ne purent
réconcilier sur le champ Eléonore avec
elle-même. Elle savait qu'elle avait violé
la vérité, et elle ne pouvait ici alléguer
l'excuse du mensonge innocent, puisqu'elle avait servi d'instrument pour
nuire à un homme qu'elle estimait,
afin de plaire à une femme qu'elle méprisait. Elle sentait qu'elle se trouvait
dans la situation que Clara avait prévue
si souvent.

« Quand une fois, » disait Clara, « on
a contrevenu à cette loi sainte, qui dé-
fend toute espèce de mensonge comme
odieuse au dieu de vérité, et méprisable
aux yeux des hommes ; quand on s'est
arrogé le droit de juger des occasions
où l'on peut s'écarter de la vérité, qui
peut être sûr que l'habitude de ces mensonges prétendus innocens, ne le con-

duira pas à en faire de plus criminels, lorsqu'il sera fortement tenté ?

Ce moment fatal venait d'arriver pour Eléonore. Elle s'était rendue coupable de calomnie, la plus détestable espèce de mensonge, et quoique la perte d'un tel élève ne pût être regrettée par M. Bellamy, elle lui avait fait perdre l'estime de sir Richard, en le faisant passer auprès de lui pour coupable d'une faute dont il était incapable. Elle se reprochait sa faiblesse, mais sans pouvoir se décider à revenir sur ses pas. La seule chose qu'elle espérât en ce moment, était donc qu'aucune explication n'aurait lieu, et elle attendait avec impatience la réponse de M. Bellamy au billet de sir Richard.

Elle arriva dans la soirée. M. Bellamy disait simplement que sa conscience ne lui reprochant pas d'avoir jamais traité trop sévèrement M. Auguste Mildred, il se consolerait aisément de la perte d'un élève si indocile.

M. Bellamy était d'une bonne famille,

et avait eu de la fortune. Des malheurs qu'il n'avait pu prévoir l'avaient réduit à un état voisin de l'indigence ; mais sans lui faire perdre cette sorte de fierté qui est permise à la vertu. L'orgueil de lady Sophie l'avait blessé plus d'une fois ; mais sir Richard lui avait témoigné jusques là les égards qui sont dus à un homme de bien dans quelque situation qu'il se trouve, et se voyant accusé, condamné, sans avoir été entendu, il crut se devoir à lui-même de ne pas chercher à se justifier, et de n'entrer dans aucune explication. L'orgueil grossier de lady Sophie l'avait d'ailleurs souvent révolté, et quoique sa réponse fût adressée à sir Richard, c'était pour lady Sophie qu'elle était écrite.

Cette réponse rassura Eléonore. Elle était fâchée, sans doute, de l'injustice faite à M. Bellamy ; elle regrettait d'y avoir contribué ; mais elle voyait avec plaisir qu'aucun éclaircissement n'aurait lieu, et que son mensonge ne serait pas découvert. Car, en dépit de son repentir, elle ressemblait beaucoup au valet qui dit à son maître dans la pièce intitulée *les deux Rivaux*, « je ne me fais pas scrupule de faire un mensonge pour servir mes amis ; mais ma conscience me fait de terribles reproches, quand je viens à être découvert. » Cette manière de penser n'est que trop commune, un attachement inviolable à la vérité étant la plus rare de toutes les vertus.

Dans la soirée, M. Morley envoya sa voiture chercher Eléonore. En passant devant la maison de M. Bellamy, elle le vit à une croisée, et il la salua d'un air amical qui l'exposa à de nouveaux reproches de sa conscience. « Comment pourrai-je jamais me résoudre à revoir ce pauvre homme ! » s'écria-t-elle involontairement. « Mais j'aurai soin d'éviter sa présence pendant quelques mois. » Elle savait qu'il lui serait facile d'exécuter ce projet.

Eléonore était ordinairement si communicative quand elle revenait de chez le baronnet ; elle avait coutume de faire

une description si plaisante de la mauvaise humeur de sir Richard, et de la
crainte qu'il inspirait à lady Sophie, que
M. Morley fut surpris de la voir garder
le silence. Un air grave et sérieux qui
était si peu ordinaire à sa pupille l'engagea à lui demander si elle était indisposée, et elle lui répondit qu'elle avait
un grand mal de tête.

Pour prouver qu'elle n'en imposait
point à cet égard, elle prit une lumière
et se retira dans sa chambre. Clara l'y
suivit, et se doutant qu'elle avait l'esprit
plus malade que le corps, elle resta
quelque temps dans son appartement,
pour lui donner l'occasion de se soula-
ger du poids qui semblait l'oppresser,
en le partageant avec une amie. Mais
Eléonore n'osait révéler la cause hon-
teuse de son agitation, et Clara avait
trop de délicatesse pour la lui demander.

Le lendemain matin, mistriss Bellamy vint faire une visite chez M. Morley.
Heureusement pour Eléonore, son tuteur était sorti ainsi que Clara, et Eléo-

nore donna ordre au domestique de
faire le mensonge d'usage. — De dire
qu'elle n'était pas au logis. — Afin d'é-
viter une explication qui aurait pu lui
être désagréable, et amener la découverte du rôle qu'elle avait joué dans
cette affaire.

Clara était allée faire une visite de bienfaisance dans une chaumière à quelque
distance. A son retour, elle rencontra
sir Richard et lady Sophie qui faisaient
une promenade conjugale. Le baronnet
insista pour qu'elle acceptât son bras,
et lui dit que Lady Sophie et lui l'ac-
compagneraient jusques chez son tuteur.
Lady Sophie ne perdit pas un instant
pour lui parler des événemens de la
veille. « Je présume, » lui dit-elle, « que
miss Musgrave vous a fait part de tout
ce qui s'est passé hier ? »

— « Nullement. Elle a gardé un silence
absolu depuis l'instant de son retour,
et ne nous a rien appris. »

— « Comment ! cela est étonnant. Eh
bien, je vous en instruirai. » Elle com-

mença alors un récit détaillé dans lequel elle fit un tel mélange de vérité et de mensonge, que Clara ne savait ce qu'elle devait en croire, quoiqu'elle fût bien convaincue que tout ne pouvait en être également vrai.

« Mais est-il bien possible que tout cela soit arrivé ainsi? lui demanda Clara d'un air d'incrédulité. »

— « Soit arrivé ainsi? bien certainement. Pouvais-je me refuser à l'évidence de mes propres yeux? »

— « En vérité, madame, dans une telle occasion, j'aurais eu peine à croire le témoignage des miens. M. Bellamy, un homme d'un caractère si doux, si aimable, s'être rendu coupable d'un pareil trait de violence et de cruauté! Je ne sais comment me résoudre à le croire.

« Et je ne l'aurais pas cru, mistriss Delancy, dit sir Richard, si votre cousine, miss Musgrave, ne m'avait déclaré qu'elle en avait été témoin; mais j'ai regardé sa déposition comme irréfragable.

« C'est plus que je ne pourrais faire, pensa Clara, tandis que la consternation et de pénibles soupçons lui faisaient garder le silence.

« Mais, mon cher monsieur, dit-elle enfin, pour un seul acte répréhensible sans doute, mais commis dans quelque moment d'humeur, et dont M. Bellamy n'a sûrement pas tardé à se repentir, vous ne voudrez pas risquer de nuire à la réputation d'un homme irréprochable jusqu'à présent? Que dira-t-on, quand on saura que vous lui avez retiré votre fils par mécontentement?»

Lady Sophie faisait jouer toute l'artillerie de ses yeux pour réduire Clara au silence, sans que celle-ci fît aucune attention à ses signes. « Bien certainement, continua-t-elle, vous pardonnerez cette faute, et vous renverrez chez lui M. Auguste Mildred? »

Elle attendait avec inquiétude la réponse de sir Richard.

— « Impossible, ma chère miss

Delancy, impossible! La sentence est portée, il faut qu'elle s'exécute. Je croyais que vous saviez que mes décrets sont aussi irrévocables que l'étaient les lois des Perses et des Mèdes, et ce ne seront pas les représentations, les insinuations d'une femme qui, pour la première fois, me les feront changer.

— « Cependant, si lady Sophie prenait intérêt au pauvre M. Bellamy, si elle vous demandait...?

— « Lady Sophie me demander! Permettez-moi de vous dire, miss Delancy, que la plus grande preuve de bon sens que lady Sophie m'ait jamais donné, c'est en n'essayant jamais de me faire changer mes résolutions. *Verbum sapienti*, miss Delancy, un mot suffit au sage. »

Clara fit une inclination de tête pour lui montrer qu'elle sentait l'application. Etant arrivée à la porte, elle engagea ses compagnons de promenade à entrer, et ne fut pas fâchée qu'ils refusassent cette invitation, parce qu'elle était impatiente de se trouver tête-à-tête avec Eléonore.

Elle trouva sa cousine dans son cabinet de toilette, et entra en matière sur-le-champ ; mais elle ne put obtenir d'elle que des renseignemens peu satisfaisans. Eléonore convint que lady Sophie et elle-même avaient un peu exagéré, mais elle ajouta que tout était pour le mieux, parce qu'elle était convaincue que M. Bellamy n'était pas l'homme qui convenait pour l'éducation d'Auguste.

— « Et êtes-vous disposée à en dire autant en présence des Bellamys ?

— « Non vraiment. A quoi bon ? je n'ai pas dessein de leur en parler, je ne veux pas même les voir, et je me suis fait céler ce matin à mistriss Bellamy.

— « Mais il est impossible que vous ne les rencontriez pas quelque jour.

— « Alors cette affaire sera oubliée, puisque nous partons après demain pour aller passer quelque temps à Londres.

— « Est-il possible que vous songiez à partir sans aller leur faire vos adieux ?

Ils croiront que vous épousez le ressentiment des Mildreds, et vous devez vous souvenir que M. Davenant a écrit à notre tuteur pour lui recommander très particulièrement M. Bellamy qu'il avait connu dans l'Inde.

— « Bon dieu! je l'avais oublié, s'écria Eléonore. Au surplus, ce qui est fait est fait; les Bellamys en penseront ce qu'il leur plaira. Si je les voyais, je serais tentée de leur faire quelques mensonges; ainsi, vous qui aimez tant la vérité, vous ne devez pas m'engager à les voir. D'ailleurs, si ce qu'on dit est vrai, les Bellamys ne seront plus ici quand nous y reviendrons. On assure qu'ils sont sur le point d'aller s'établir dans le comté de Surrey.

— « N'en parlons donc plus, dit Clara en soupirant; je conçois qu'en les revoyant vous vous trouveriez dans une situation difficile; mais vous devez vous résoudre aux suites de votre faute. On vous accusera d'une bassesse fort éloignée de votre caractère, pour n'avoir

11.   3

pas eu la force de résister aux insinuations d'une femme méprisable.

— « Vous êtes bien sévère, miss Delancy!

— « Cela est possible, mais l'injustice me révolte, et je vous aime trop Eléonore, pour vous voir commettre une faute, sans en être vivement affligée.

— « Je ne suis pas si généreuse que vous, dit Eléonore en souriant; car je serais charmée de vous en voir commettre. Il est désagréable, pour l'amour-propre, de se trouver sans cesse avec une amie dont la conduite et les principes semblent être une censure continuellement dirigée contre vous. C'est être obligée de donner le bras à un géant, au coude duquel vous ne pouvez atteindre sans marcher sur la pointe des pieds. »

Eléonore ne changea pas de résolution; et évita toute rencontre avec la famille Bellamy. Clara alla y rendre une visite, et ne fut pas très-fâchée de ne trouver personne, parce qu'elle aurait

été exposée à des questions auxquelles
elle aurait peut-être trouvé difficile de
répondre.

Le surlendemain on partit pour la
capitale, comme cela avait été décidé.
M. Morley y avait loué la même maison qu'il avait occupée l'année précédente, et où il attendit avec impatience
l'arrivée de son neveu.

Sidney Davenant arriva à Londres peu
de jours après que son oncle y fut ins-
tallé, et il se logea dans un hôtel peu
éloigné de la demeure de M. Morley. Il
ne put se défendre de quelque émotion
en trouvant, presque aux portes de la
vieillesse, un oncle chéri qu'il avait
laissé dans la maturité de l'âge, et
M. Morley n'en éprouva pas moins, en
voyant le beau jeune homme vif et en-
joué qui l'avait quitté à vingt ans, changé
en un homme fait, grave, sérieux et
un peu brûlé par le soleil. L'ancienne
familiarité qui régnait entre eux ne put
se rétablir sur-le-champ. Ils éprouvèrent

une sorte d'embarras qui les retint quelques instans dans le silence.

Les deux pupilles, présentes à son arivée, ne firent que le saluer; mais les yeux de Clara avaient peine à retenir quelques larmes, en se rappelant que sa mère était présente à la dernière entrevue qu'elle avait eue avec Davenant, et qu'elle l'avait appelé *son fils*, lors de son départ. Les pleurs que ce souvenir lui fit répandre, les yeux bleus de la douce Clara, rappelèrent aussitôt à Davenant l'adieu de mistriss Delancy...

« Je ne puis me tromper, lui dit Davenant d'une voix émue; vous lui ressemblez si parfaitement! C'est vous qui êtes sa fille. Oui, vous êtes Clara! Telle me parut votre mère quand je lui fis mes derniers adieux, ajouta-t-il en l'embrassant. Voilà les idées qui rendent le départ si pénible, et le retour plus cruel encore! » et il se retira près d'une fenêtre pour cacher son agitation.

Clara se détourna aussi, et sortit de

la salle pour aller donner de douces larmes à la mémoire de sa mère.

« Et qui est cette charmante demoiselle? demanda Davenant à M. Morley, en regardant Eléonore d'un air
d'admiration. Est-il possible que ce
soit cette petite fille aux yeux noirs que
vous appeliez votre tourment, qui tirait
la queue de votre perruque et vous faisait cent malices par jour, quand elle
était ici?

« C'est elle-même, répondit Morley, mais aujourd'hui je ne suis plus
le seul dont la petite fille aux yeux noirs
fasse le tourment.

« Je n'ai pas de peine à le croire, dit
Davenant en s'approchant d'elle, et en
lui baisant la main.

Eléonore fut flattée qu'il ne l'eût pas
embrassée. Il est évident, pensa-t-
elle, qu'il regarde Clara comme une
sœur; il la traite avec moins de cérémonie, et cette idée, satisfaisante pour
ses projets, donna un nouvel éclat à ses
yeux.

Lorsque Clara rentra, Davenant lui présenta la main, et la fit asseoir près de lui sur le sopha où il s'était placé à côté d'Eléonore.

« Comme vous me rappelez votre mère! lui dit-il en la regardant avec des yeux passionnés; vous ne pouvez savoir combien elle m'a été chère!

« Et probablement sa fille ne vous le deviendra pas moins? dit M. Morley.

« J'ai tant d'obligations à mistriss Delancy, dit Davenant en soupirant, pour tous les bons avis qu'elle m'a donnés, que je serais porté à aimer, pour l'amour d'elle, un objet beaucoup moins aimable que celui que j'ai sous les yeux. »

La pauvre Clara aurait été fâchée que Davenant n'eût pas chéri la mémoire de sa mère, et ne se fût point exprimé comme il l'avait fait. Cependant, elle n'était pas tout à fait contente; car il ne paraissait lui témoigner d'affection que pour l'amour de sa mère, tandis qu'elle craignait qu'il ne lui fût que trop facile d'aimer Davenant pour l'amour de lui-même.

« J'avais coutume d'appeler votre mère, *ma mère*, Clara, continua-t-il.

« Et par conséquent, dit Eléonore, vous appeliez Clara votre sœur, n'est-il pas vrai?

« Non, répliqua-t-il avec vivacité, j'avais plus de présomption, je la nommais ma petite femme. »

« Et vous nommait-elle son grand mari?»

« Elle ne me faisait pas tant d'honneur, répondit-il en jetant un regard sur Clara; mais il la vit rougir avec un air si embarrassé, qu'il en détourna les yeux sur-le-champ.

« Et, je vous prie, dit Eléonore, en lui adressant un de ses sourires les plus enchanteurs, vous rappelez-vous aussi quel nom vous m'aviez donné? »

« Non! non en vérité, » répliqua-t-il, en la regardant d'un air d'admiration. « Je ne m'en souviens pas, c'était sans doute quelque nom qui vous désignait bien. Pétulante petite fille, peut-être, petit tourment, et maintenant j'aurai peut-être, comme bien d'autres, des raisons pour vous nommer un grand tourment. »

« Eh bien je tâcherai de vous y forcer, dit-elle en souriant, car vous me piquez au jeu. »

« Je vous pique au jeu ! dit Davenant d'un air de gaieté : véritablement? déjà? combien de malheureux me porteraient envie s'ils pouvaient le savoir!»

« Je ne connais pas la force de ce que j'ai dit, dit Eléonore, avec un air de confusion qui lui allait à merveille. Si j'ai dit quelque chose qui ne soit pas convenable, je vous prie de croire que c'est par ignorance. »

« Si quelqu'un est à blâmer, c'est moi seul, répondit Davenant avec respect. Nous n'avons renouvelé connaissance que depuis quelques momens, et je me suis peut-être permis trop de liberté. Mais il faut pardonner quelque chose

à l'ivresse; et est-il ivresse comparable
à celle qu'éprouve un homme qui, après
une si longue absence, se voit réuni à
un parent qu'il chérit tendrement, et
qui se voit entouré de... mais je ne veux
pas dire tout ce que je pense. » Il prit
alors la main des deux cousines, et y
ayant imprimé un nouveau baiser, il dit
à son oncle qu'il avait à lui parler, et passa
avec lui dans un autre appartement.

« Je voudrais bien savoir, dit Eléonore, en s'approchant d'une glace, sous
prétexte d'arranger ses cheveux, ce
que le bel Indien dira de nous à son oncle,
et quelle question il lui fera. »

— « Peut-être ne lui parlera-t-il pas
même de nous? »

— « Croyez-vous cela probable ? »

— « Mais... non, je ne le crois pas.
Je crois plutôt qu'il en parlera. »

— « Peut-être lui demandera-t-il en
quel état se trouve notre cœur. »

— « Oui, s'il y prend quelque intérêt. »

— « Ne doit-il pas en prendre à sa

3*

sœur Clara, car vous voyez qu'il vous traite en sœur.

Cette dernière remarque ne parut à Clara que trop juste, et elle hésitait sur ce qu'elle devait y répondre, quand M. Morley rentrant dans la salle pour y chercher quelques papiers, elle profita de ce moment pour se retirer.

Eléonore ne s'était pas tout-à-fait trompée. Davenant avait fait à son oncle plusieurs questions sur ses belles pupilles auxquelles celui-ci avait rendu le témoignage le plus flatteur; mais il n'avait pas encore cherché à savoir dans quel état se trouvait leur cœur, et ils s'occupèrent d'affaires jusqu'au moment du dîner.

Cet intervalle avait paru assez long aux deux cousines; surtout à Eléonore, habituée à produire des impressions vives et soudaines; elle s'était flattée que Davenant aurait été trop épris de ses charmes, pour pouvoir rester si long-temps éloigné de sa présence. Clara de son côté, craignait presque sans le savoir, qu'il n'eût été trop sensible aux charmes de sa cousine, et elle se sentit plus à l'aise, en trouvant Eléonore seule, quand elle descendit dans le salon quelques instans avant le dîner. Cette circonstance lui rendit toute sa vivacité, elle put causer avec gaieté, et raconta plusieurs anecdotes de son enfance dans lesquels Davenant avait joué un rôle.

« Je l'aurais reconnu partout où je l'aurais rencontré, dit-elle, malgré son teint un peu cuivré, et malgré le nombre d'années qui se sont écoulées depuis que je ne l'avais vu. »

« Pour moi, dit Eléonore, je n'en avais pas le moindre souvenir. »

— « Que cela est étrange ! Vous aviez pourtant onze ans lors de son départ. »

— « Il est vrai, mais vous savez que je ne venais chez mon tuteur que pendant les vacances. »

— « Sans doute ; mais alors il jouait si souvent avec nous, et nous faisait tant de jolis petits présens! je me souviens qu'avant de partir, il m'avait donné un collier et des bracelets en corail, et que vous fûtes si fâché de ne pas en avoir reçu autant, que ma mère me permit de vous donner le collier. »

— « Vous m'en faites souvenir. Je ne sais ce que j'en ai fait; mais je dois l'avoir encore quelque part. »

— « Les bracelets sont maintenant trop petits pour que je puisse les porter: mais je les ai toujours conservés avec soin, comme un souvenir de celui qui me les avait donnés. »

— « Toujours sentimentale ! »

En ce moment Morley et son neveu arrivèrent pour le dîner.

Davenant fut si enchanté de la compagnie dans laquelle il se trouvait, que malgré la fatigue du voyage qu'il venait de faire, et celle des affaires dont il s'était occupé toute la matinée, il était plus de minuit, quand il put se résoudre à s'en séparer.

Il rêva d'Eléonore toute la nuit, mais

quand il s'éveilla, il ne put songer qu'aux beaux yeux bleus de Clara qu'il avait vu répandre des larmes d'attendrissement au souvenir d'une mère chérie, et dont tous les traits lui rappelaient ceux de cette mère sur la perte de laquelle il versait encore des pleurs.

Lorsqu'il arriva pour déjeûner, il trouva Eléonore seule, et elle lui dit qu'on n'attendait plus que lui; une porte restée ouverte conduisait dans une salle voisine où Clara s'occupait à préparer le thé et le sucre pour le déjeûner. On ne pouvait la voir, mais elle pouvait tout entendre, et sa cousine ignorait qu'elle y fût.

« Je ne puis vous voir sans surprise et sans admiration, dit Davenant à Eléonore. Il m'est impossible de retrouver en vous la petite fille pâle et maigre que j'ai quittée il y a huit ans. Vous devez aussi me trouver bien changé; certainement ce n'est pas à mon avantage. »

« Changé ! s'écria Eléonore ; pas le

moins du monde. Je vous ai reconnu sur le champ; je vous aurais reconnu partout. »

« En vérité, dit Davenant, flatté de cette déclaration. Je dois être fier de voir que vous ayez si bien conservé mon souvenir. »

Eléonore dont le cœur n'éprouvait aucun sentiment de prédilection pour cet homme aimable, n'en était que plus en état de répondre avec sang-froid à cette observation, et elle s'apprêtait à le faire, quand elle vit, derrière la chaise de Davenant, Clara qui la regardait d'un air de reproche.

Quelqu'invétérée que fût dans Eléonore l'habitude du mensonge, elle se sentit humiliée que Clara eût entendu celui qu'elle venait de proférer. Cette idée appela de nouvelles couleurs sur ses joues et lui fit baisser les yeux. Davenant attribuant son embarras à ce qu'il venait de dire, prit aisément le change, dit qu'il était presque honteux

de montrer son teint jaune au milieu de
visage si fleuris......................
— « Un teint jaune! s'écria Eléonore!
Vous n'y pensez pas, votre teint est
celui qui convient à un homme......
— « Oui, dit Davenant, celui qui convient
à un homme dont la peau a été cuivrée
par le soleil de l'Inde. » ....
— « Non en vérité, jamais on ne croirait, à votre teint, que vous arrivez de ce
pays. » ....
— « Vous me flattez, miss Musgrave. »
— « Mon Dieu, non! je parle comme
je pense. — N'ai-je pas raison, Clara?
Croiriez-vous, en voyant M. Davenant
qu'il revient de l'Inde? est-il jaune
comme il le dit?.....................
Clara qui avait vu que la flatterie de
miss Musgrave avait paru faire quelque
plaisir à M. Davenant, regretta que sa
cousine l'eût mise dans la nécessité de
dire quelque chose qui ne lui fût pas
agréable, ou de proférer un mensonge;
mais, elle n'hésita point, et dit d'une
voix faible :

« Comme la beauté du teint est de fort peu d'importance pour un homme, j'espère que je ne blesserai pas M. Davenant, en avouant qu'il me paraît facile de voir qu'il arrive de l'Inde, et que son teint n'a pas la même fraîcheur qu'avant son départ.

Quelque habituée qu'elle fût Éléonore à voir sa cousine respecter la vérité dans les plus petites choses, elle pensait toujours, de même que toutes les personnes qui n'agissent pas d'après des principes sûrs, que Clara succomberait à la tentation, quand il s'en présenterait une trop violente pour y résister. C'était en partie pour la mettre à l'épreuve qu'elle lui avait fait cette question insidieuse. Ne doutant pas que Clara n'eût le désir d'éviter tout ce qui pouvait choquer M. Davenant, et de ne dire que ce qui pouvait lui être agréable, et incapable de concevoir une vertu qu'elle n'avait pas, elle était persuadée que sa cousine appuyerait un mensonge flatteur pour la vanité de leur ami.

Ce fut pour elle une nouvelle humiliation que de voir Clara rester fidèle à sa vertueuse franchise ; mais elle s'en consola en réfléchissant que, par de semblables questions, elle trouverait le moyen de lui faire dire des choses qui mortifieraient l'amour-propre du nabab et qui l'empêcheraient de concevoir un attachement sérieux pour elle, s'il était possible qu'il songeât un instant à lui donner la préférence.

M. Morley avait écouté en silence toute cette discussion sur le teint de son neveu. Il fut plus surpris du mensonge effronté d'Eléonore, que de la franchise hardie de Clara. « Sur mon honneur, Sydney, s'écria-t-il pendant que celui-ci semblait absorbé dans ses réflexions, je vois avec plaisir que vous ne courez pas ici le danger d'être gâté. Si la flatterie d'une de mes pupilles vous inspire trop de vanité, la sincérité de l'autre y rémédiera. »

—« Je n'ai pas recours à la flatterie,

monsieur. Je pense ce que je dis tout aussi-bien que Clara. »

— « En ce cas, ma chère, vous êtes donc, comme l'Amour, complètement aveugle. — Je ne prétends pas dire qu'il soit jaune comme un coing, mais morbleu il est basané, très-basané! »

Eléonore un peu confuse se trouva réduite au silence.

Davenant de son côté n'était pas sans quelque embarras. Il se reprochait comme une faiblesse la mortification et le mouvement de plaisir que lui avaient fait éprouver la sincérité de Clara et la flatterie d'Eléonore. Mais s'il était vrai que celle-ci eût été aveuglée par un sentiment de partialité en sa faveur, cette idée n'était-elle pas délicieuse? « Pitoyable vanité! pensa-t-il le moment d'après; suis-je donc un César qui n'ait qu'à paraître pour vaincre? »

Le reste du temps que dura le déjeûner se passa dans le silence. M. Morley le rompit le premier en chantant, ou plutôt en essayant de chanter les premiers vers de l'air célèbre,

Si de notre ancienne amitié
Le sentiment jamais s'oublie, etc. (1)

« Sidney, dit-il en s'interrompant, il faut qu'une de ces jeunes filles » vous chante ces paroles. Elles sont applicables à votre retour. »

« Vous, chantez donc? dit Davenant à Éléonore.

— « Un peu.

— « Et vous jouez de quelques instrumens?

— « Un peu du piano, un peu de la harpe.

— « Un peu! je sais ce que veut dire *un peu* dans la bouche d'une dame; c'est le langage de la modestie. Et vous, miss Delancy, chantez-vous un peu?

— « Beaucoup, répondit Clara.

— « Et vous jouez de quelque instrument?

(1) Air chanté dans l'Opéra intitulé Rob-Roy tiré du roman de ce nom. (*Note du traducteur.*)

— « Beaucoup aussi. Je touche du piano, je pince de la harpe et de la guitarre.

— « Je ne vous demanderai pas si vous êtes forte ; vous n'en conviendriez pas.

— « Et pourquoi non ?

— « Ah ! vous ne connaissez pas Clara, mon neveu, s'écria Morley en riant ; elle est incapable de sacrifier la vérité même à la modestie : c'est la petite personne du monde la plus scrupuleuse à cet égard. Je crois qu'il s'agirait de sa vie, qu'elle ne se permettrait pas le mensonge le plus innocent. »

L'expression que prit la physionomie de Davenant, quand il entendit Morley parler ainsi, dédommagea amplement Clara du moment de peine qu'elle avait éprouvée quand elle avait été obligée de lui dire une vérité sans doute désagréable. Il la regarda un moment en silence.

« Combien j'honore et j'admire de tels scrupules ! s'écria-t-il. » Qu'ils sont rares et précieux ! J'ai vécu si long-temps,

chez le peuple le plus menteur de tout
l'univers, que la vérité en est devenue
plus respectable à mes yeux. »

Eléonore ne manqua pas d'exprimer,
par de nouveaux mensonges, son admiration pour une vertu qu'elle méprisait,
au moins dans les circonstances peu
importantes, et qu'elle pratiquait si peu;
mais elle parla avec tant de chaleur et
de volubilité; ses expressions étaient si
loin de cet accent de la nature, qui part
du cœur, et que l'art ne peut imiter,
que si Davenant eût été d'un caractère
soupçonneux, il n'eût pu manquer de
reconnaître qu'elle parlait une langue
qui lui était étrangère.

Davenant qui aimait beaucoup la musique, ne tarda pas à prier les deux cousines de chanter. Il fut très-satisfait d'E-
léonore qui, n'éprouvant aucune émotion, donna à sa voix tout l'éclat et tout
le développement dont elle était susceptible; pour la pauvre Clara qui désirait
briller, et qui, se défiait toujours trop
de ses moyens, elle resta fort au dessous

d'elle-même. Lorsqu'elle eût quitté le salon, Davenant ne put s'empêcher de dire à Éléonore qu'il était fâché d'avoir prié Clara de chanter; car il avait reconnu à sa voix qu'elle était enrhumée, quoiqu'elle ne s'en plaignît point.

« Elle a toujours la voix un peu voilée, répondit-elle négligemment. Elle savait cependant que Clara lui était infiniment supérieure pour le chant et pour la méthode, toutes les fois qu'une timidité excessive ne l'empêchait pas de déployer tous ses moyens.

Tous les jours M. Davenant allait prendre place à la table de son oncle, et toutes les fois il suivait les belles cousines aux assemblées, aux spectacles, aux parties de plaisir, ou restait tranquillement auprès d'elles chez leur tuteur. Clara sentant qu'il lui devenait de plus en plus cher, devenait, malgré sa candeur naturelle, plus froide et plus réservée en sa présence, par suite de cette délicatesse qui craint de laisser apercevoir une préférence qui n'est pas

sollicitée. Eléonore au contraire, dont
le cœur ne parlait pas en faveur de Davenant, n'en était que plus libre de
suivre ses projets, et, n'étant pas retenue par la même délicatesse, elle avait
soin de laisser percer comme involontairement des sentimens qu'elle n'é-
prouvait point; elle flattait ainsi son
amour-propre par ses manières affec-
tueuses, autant que Clara le repoussait
par son air de froideur. Enfin, il se
trouva disposé peu à peu à se charger
des chaînes de soie qu'Eléonore lui ten-
dait, quoique son inclination et son jugement l'entraînassent toujours vers
Clara.

Comme Eléonore avait remarqué que
Davenant était flatté de l'idée qu'il n'a-
vait jamais été oublié de ses jeunes com-
pagnes, elle lui racontait, quand ils
étaient seuls, une foule de petites anecdotes de leur enfance qu'il avait lui-
même oubliées, et dont elle ne se souvenait que grace à la mémoire de Clara.
Seulement elle avait soin de s'attribuer

le rôle que celle-ci y avait joué. Clara, timide et craintive, ne cherchait pas à se faire valoir ainsi, et Davenant, charmé de ces souvenirs de l'enfance qui prouvaient à ses yeux la sensibilité d'Eléonore, soupirait souvent du regret de ne pas retrouver dans le cœur de sa cousine, ces tendres souvenirs, indices certains d'une affection constante.

« Eh quoi! se disait-il à lui-même, elle a perdu la mémoire de nos premières années, des témoignages de notre amitié enfantine!

« C'était pourtant elle que je préférais. Je ne pensais guères à Eléonore; mais peut-être a-t-elle quelque attachement, et c'est ce qu'il faudra que je sache de mon oncle. »

Un jour que Clara arrangeait sa boîte à bijoux, étant seule avec Davenant, il en tomba un petit écrin qui, en s'ouvrant, laissa voir une paire de bracelets en corail. « Les reconnaissez-vous? » lui demanda-t-elle.

— « Je crois me les rappeler.

— « C'est vous qui me les avez donnés
avant votre départ pour l'Inde.

— « N'étaient-ils pas accompagnés
d'un collier semblable ?

— « Oui, dit Clara en rougissant, mais
je l'ai donné.

— « Donné ?

— « Oui, on me l'a demandé, et...
— « Sûrement vous n'avez pu le refuser,
miss Delancy : j'en dois conclure que
le solliciteur était éloquent.

— « Oui, c'était....

Dans ce moment, il entra du monde,
et l'occasion d'une explication ne se
représenta pas ce jour-là.

Quelques jours après, Eléonore parvint à retrouver le collier de corail qu'elle
avait oublié depuis si long-temps, et
que Clara, avec la bonté qui lui était
naturelle, avait cédé aux larmes et aux
instances de sa cousine. Voulant se faire
un mérite de l'avoir si bien conservé,
Eléonore le fit voir à Davenant un jour

qu'ils étaient tête-à-tête, en lui disant
que c'était un de ses présens.

« De mes présens? dit-il : je ne me
souviens pas de vous avoir jamais donné
de collier. J'en avais offert un semblable
à Clara avec des bracelets; mais elle a
jugé à propos de le donner. Elle allait
me dire à qui, lorsqu'on nous a inter-
rompus. »

Eléonore aurait bien voulu lui persuader qu'il lui avait donné lui-même
le collier; mais craignant, d'après ce
qu'elle venait d'entendre, d'être surprise en mensonge, elle changea sur-le-
champ ses batteries.

« C'est à moi qu'elle en fit présent,
lui dit-elle; pensant qu'elle y attachait
peu d'importance, puisqu'il était devenu
trop petit pour qu'elle pût le porter, je le
lui demandai sous pretexte de le donner
à une petite fille. Rien pourtant n'aurait
pu me résoudre à m'en séparer : il m'é-
tait précieux parce qu'il venait de vous.

« Je vous remercie, je vous remercie
mille fois, charmante miss Musgrave,

s'écria Davenant. Quant à Clara, ajouta-t-il d'un ton piqué ; je ne sais pourquoi elle a daigné conserver les bracelets?

— « Vous oubliez qu'elle était assez
âgée pour savoir que vous pouviez vous
souvenir de les lui avoir donnés, et vous
attendre à les revoir à votre retour. —
Vous savez qu'elle avait quelques années
de plus que moi?

— « Quelques années?

— « Sans doute.

« Je l'avais oublié, mais....... alors elle
était assez âgée pour attacher quelque
prix aux présens de l'amitié. — Mais elle
était donc bien petite pour son âge?»

Cette conversation fut encore inter-
rompue, et Davenant, malgré toutes
les ruses d'Eléonore, et l'apparente in-
différence de Clara, ne pouvait encore
se résoudre à faire un choix entre les
deux cousines. Un jour qu'il se trouvait
seul avec M. Morley, il lui dit d'un ton
assez ému : «Permettez-moi de vous

faire une question mon oncle? Pouvez-
vous me dire si vos aimables pupilles
ont disposé de leur cœur?

« Je suis certain, répondit-il, qu'a-
vant votre arrivée, Eléonore n'avait pas
disposé du sien ; mais à présent, ajouta-t-il en souriant, je ne puis plus en
répondre. »

Davenant rougit, et parut entendre
cette réponse avec un plaisir qui n'était
pas sans quelque mélange d'embarras.
« Et miss Delancy, monsieur, continua-t-il, vous ne m'en parlez pas! son
cœur est-il encore en sa possession? »
A cette question, son oncle alarmé,
l'ayant regardé d'un œil scrutateur, il
rougit de nouveau, et s'approcha de la
fenêtre.

« Oui-dà! pensa le vieillard qui avait
aussi ses projets, je sais ce qu'il me reste
à faire. — Mais, répondit-il, je ne sais
trop que vous dire, les jeunes filles sont
si dissimulées! Si pourtant elle avait encore été maîtresse de son cœur, elle
vous l'aurait donné depuis votre arrivée;

car vous êtes un coquin bien insinuant,
Sidney !

— « Ainsi donc, monsieur, je dois
croire que le cœur de miss Delancy
n'est plus libre ?

— « Mais... à parler vrai... je la crois
attachée à un pauvre lieutenant d'infanterie, nommé Beaumont : un beau
jeune homme, sur ma foi, plus jeune
que vous de trois ou quatre ans, mais
qui ne possède que son épée, et que
personne ne connaît. Clara avait obtenu
de moi, quand son régiment était dans
ces environs, que je lui accordasse l'entrée de ma maison. Je crus d'abord que
c'était pure bienveillance, humanité,
parce qu'il est du caractère de Clara
de s'intéresser à celui qui manque de
protecteur. Mais tout le monde ne pense
pas de même.

— « Mais êtes-vous sûr qu'elle fût
animée par un autre sentiment que la
bienfaisance ?

— « Mais... oui... sûr... autant qu'on
peut l'être. Elle ne m'a jamais parlé de

ses projets, parce qu'elle savait que jamais je n'y donnerais mon assentiment;
mais dans trois ans et demi, elle sera
maîtresse de sa fortune, et alors je n'aurai plus le droit de mettre aucun obstacle à ses volontés. En attendant, il
vient la voir toutes les fois qu'il fait un
voyage à Londres, et elle entretient
avec lui une correspondance.

— « Ainsi donc tout est dit? pensa-t-il;
— tout s'explique maintenant. — Sa
conduite, que j'accusais de froideur,
était inspirée par le sentiment des convenances. — Elle ne veut pas m'inspirer
un sentiment qu'elle sait ne pouvoir pas
payer de retour. — Monsieur, ajouta-
t-il d'une voix entrecoupée, le pauvre
lieutenant est bien riche à mes yeux:
c'est un homme dont le sort est digne
d'envie. »

Il le quitta à ces mots, laissant son
oncle s'applaudir d'avoir réussi, en dé-
viant un peu de la vérité, à détourner
son neveu d'adresser à l'une de ses pupilles des vœux qu'il désirait le voir por-

ter à l'autre. Le bon vieillard aimait un
peu l'argent, et croyait qu'Eléonore,
avec cinquante mille livres sterlings,
convenait mieux à Davenant que Clara
qui n'en possédait que trente mille.

« Après tout, pensa-t-il, je n'ai fait
que lui représenter comme certain, un
fait que j'ai quelque raison de soupçonner véritable. Clara ne m'a-t-elle pas
avoué qu'elle a ait beaucoup d'attention
pour Beaumont? il est bien vrai qu'elle
m'a assuré qu'elle ne pensait ni ne pen-
serait jamais à l'épouser. Mais suis-je
obligée de la croire? Toutes les femmes,
sur ce point, se permettent un petit
mensonge. Oui, toutes; même une
Clara Delancy. »

Il n'était pourtant pas tout à fait content de lui-même, et il se reprochait
presque de n'avoir pas parlé à son neveu
de la déclaration que Clara lui avait faite.
« Mais après tout » pensa-t-il, « je n'ai
d'autre intention que de servir Sidney.
Un petit mensonge innocent n'est pas
défendu pour servir un ami, quoiqu'en

dise miss Delancy ; et en vérité elle est quelquefois si fâcheuse avec ses scrupules outrés, que je crois que mon neveu sera plus heureux avec Eléonore.

Davenant , en quittant son oncle, était retourné chez lui, pour consulter son cœur, et voir s'il était assez rempli de l'image de Clara, pour ne pouvoir adresser ses vœux à Eléonore, démarche qu'il voyait que son oncle desirait, et à laquelle il croyait s'apercevoir que miss Musgrave s'attendait.

Il était revenu en Angleterre très-disposé à aimer miss Delancy ; car quoique la mère de Clara eût dix ans de plus que lui, il l'avait aimée avec toute l'ardeur de la première passion dont brûle le cœur d'un jeune homme. Cependant le respect qu'elle lui inspirait, la tendresse vraiment maternelle qu'elle lui montrait, la crainte de l'offenser, avaient toujours tenu son amour soigneusement caché dans son cœur, et il était parti sans lui faire l'aveu de ses sentimens secrets.

Mais son image l'avait suivi dans les Indes, et avait toujours été pour lui l'objet d'un culte presque religieux. C'était en quelque sorte un ange gardien qui veillait sur tous ses pas. L'idée de prouver qu'il était digne de son estime, était un motif de plus pour le porter à l'exercice de toutes les vertus. Était-il près de succomber à quelque tentation. « Si elle me voyait ! » pensait-il, et cette idée lui donnait la force d'y résister. Sa mort lui causa une affliction à laquelle celle de Clara peut seule se comparer. Les lettres de son oncle lui apprirent que miss Delancy était le portrait vivant de sa mère, et pour la figure et pour les qualités du cœur, et même pour cette réserve qui lui donnait l'air de la froideur. Aussi l'image de la fille se représentait-elle sans cesse à lui sous les traits de la mère.

Il était arrivé en Angleterre assez jeune pour prétendre à la main de miss Delancy, puisqu'il n'était plus âgé qu'elle que d'environ huit ans. Il l'avait trouvée

4*

telle qu'on la lui avait représentée, le portrait vivant de sa mère. Elle n'avait donc eu besoin de faire aucun effort pour lui plaire ; mais il ne pouvait aspirer à son cœur, puisqu'il était engagé à un autre ; il fallait donc essayer d'oublier un projet d'union, si long-temps l'objet de ses plus tendres vœux ; il fallait s'efforcer d'aimer celle qui semblait disposée à l'aimer lui-même, et reporter vers elle un cœur encore trop plein de Clara Delancy.

« Oui, » disait Davenant, « il faut tâcher d'oublier Clara. — Mais en résulte-t-il pour moi la nécessité d'épouser Eléonore? La connais-je suffisamment? Ai-je étudié assez long-temps son caractère? Il résolut donc de ne pas agir avec précipitation, et d'attendre avant de se déclarer.

M. Morley reçut le même jour une lettre où, entre autres nouvelles, on lui mandait que M. Bellamy s'était retiré dans le comté de Surrey, et que M. Harrison voyant ses créanciers, à l'ins-

ligation de **M.** Somerville , se refuser
à signer son contrat d'attermoyement ,
ce qui l'empêchait d'accepter un intérêt qu'on lui offrait dans une excellente maison de commerce , leur
avait abandonné tout ce qu'il possédait , et avait disparu avec toute sa
famille , sans que personne sût ce qu'il
était devenu.

Cette nouvelle rendit Clara fort pen-
sive. Eléonore était trop livrée à ses projets et à ses espérances, pour s'occuper
d'un événement qui , si elle y eût réflé-
chi sérieusement un seul instant , aurait
dû lui donner aussi beaucoup à penser.

Clara et Eléonore , accompagnées
d'une dame mariée qui leur servait de
chaperon et de Sidney Davenant, étaient
allées un soir à une assemblée où il devait
y avoir un bal, et un concert d'amateurs.

La soirée commença par des ariettes
et des duos dans lesquels Eléonore et
Clara remplirent leur rôle à la satifac-
tion générale. Des contre-danses y succédèrent , et Eléonore , animée par le

desir de plaire, y déploya tant de grâces et de charmes, que Davenant qui ne dansait pas, semblait ravi d'admiration, et ne pouvait la perdre un moment de vue.

Clara s'étant légèrement foulé le pied, ne put prendre part à la danse. A la vue de l'effet que produisait sur Davenant la grâce enchanteresse d'Eléonore, dont son accident l'empêchait de se montrer l'émule, elle éprouva d'abord un sentiment très pénible; mais en s'occupant avec une salutaire persévérance de la musique qu'elle s'amusait à exécuter, elle parvint à se distraire.

Aux contre-danses succédèrent des valses. Davenant en conduisant Eléonore vers une chaise qui n'était pas occupée près de Clara, dit d'un air de triomphe : « Je suis charmé de voir que vous ne valsiez pas, miss Musgrave. — Et vous, miss Delancy, valsez-vous? »

« Non, répondit Clara, je n'approuve pas ce genre de danse, et je n'ai jamais valsé.

Eléonore n'osa pas en dire autant en

présence de Clara. M. Morley avait interdit la valse à ses pupilles, ce qui n'empêchait pas que miss Musgrave ne valsât toutes les fois qu'il ne pouvait pas la voir : désobéissance dont elle avait quelque regret, depuis que Davenant venait de condamner la valse. Elle n'avait même pas pu l'entendre sans montrer quelque embarras.

« Ce n'est pas, continua-t-il, que je regarde comme dépourvues de modestie et de délicatesse toutes les jeunes personnes qui valsent ; mais je voudrais, je l'avoue, que ma sœur, mon épouse, toute femme à laquelle je prendrais intérêt, eût une répugnance naturelle pour la familiarité que permet cette danse : je voudrais que le respect pour elle-même la portât à attacher un trop haut prix à l'espèce de faveur qu'une femme accorde à l'homme avec qui elle valse ; pour la prodiguer à quiconque vient la lui demander ; qu'elle regardât comme une profanation de permettre à tout autre qu'à l'objet de sa tendresse de la

tenir entre ses bras. Oui, ma chère miss
Musgrave, si je voyais une femme que
j'aimerais, tournoyer ainsi entre les bras
d'un autre, comme le font maintenant
ces jeunes demoiselles, je serais tenté
d'adresser à son danseur ces paroles
d'un poëte : « il faut que ce que vous
touchez soit à vous. »

Eléonore écoutait en faisant jouer son
éventail ; elle évitait les yeux de Clara
qui cherchaient à rencontrer les siens,
et elle n'osait articuler son assentiment, à ce que disait Davenant, qu'en
prononçant à voix basse et les yeux
baissés, à chaque pause qu'il faisait en
parlant : «Certainement. — Rien de plus
vrai. — Oui sans doute. »

Pour écarter ce sujet de conversation,
elle prétendit avoir vu une de ses amies
à l'autre bout de la salle, et elle se leva
pour aller la joindre. Davenant lui offrit
le bras pour la conduire. Comme ils
traversaient la foule, un jeune homme
bien mis et d'une figure agréable, s'approcha d'elle, et lui dit : « miss Mus-

grave, valserez-vous aujourd'hui?—Me ferez-vous l'honneur de valser avec moi?»

— «Valser! — Moi valser! — Jamais je ne valse. Je ne valserais pas pour tout au monde!»

— «Non! nous avons pourtant valsé plus d'une fois ensemble.»

— «Jamais. — Vous rêvez, M. Fielding. Je déteste la valse.»

Davenant avait écouté ce dialogue d'un air inquiet et mécontent, et le jeune homme qui savait parfaitement qu'il ne rêvait point, s'apprêtait à insister; mais Eléonore parvint à lui faire entendre par signes, sans que Davenant s'aperçût de ce manège, que cette conversation lui déplaisait. M. Fielding lui fit, d'un ton à demi-ironique, des excuses de sa méprise et se retira. Eléonore à qui cet incident avait occasionné quelque trouble, ne fut pas fâchée, pour le cacher à Davenant, de trouver l'amie qu'elle cherchait.

Elle eut soin cependant de parler à

M. Fielding dans la soirée pour lui expliquer sa conduite. « Vous n'ignorez pas, lui dit-elle, que mon tuteur blâme la valse ; en avouant que j'avais quelquefois valsé, je craignais que M. Davenant ne le lui dît, et que M. Morley ne m'interdît tout bal où l'on valserait. J'espère donc, mon cher M. Fielding, que vous voudrez bien m'excuser. »

« Vous excuser, charmante trompeuse ! s'écria-t-il avec un sourire malin. Si vous abusez nos oreilles par des paroles mensongères, nos yeux n'ont qu'à vous voir pour tout vous pardonner. »

Eléonore tâcha de sourire ; mais elle se sentit humiliée, et aurait voulu pour beaucoup n'avoir pas été mise à cette épreuve.

On interrompit la danse pour faire une seconde fois de la musique. A la grande surprise de Clara, Eléonore pria Davenant de chanter sans musique un air indien qu'il leur avait quelquefois chanté chez M. Morley. Davenant n'a-

vait pas la voix assez brillante pour chanter sans accompagnement devant une
société si nombreuse, et Clara, émue
par une affection sincère et délicate,
craignait qu'il ne pût s'en tirer à son
honneur. Davenant lut dans sa physionomie expressive le sujet de ses réflexions. « Vous craignez, lui dit-il, que
je ne fasse rire à mes dépens. »

« Je conviendrai, répondit Clara, que
chanter seul et sans accompagnement,
dans une si grande compagnie, ne me
semble pas convenable à la dignité de
votre caractère. C'est vous mettre de
niveau avec un chanteur de profession
dont tout le mérite est dans la voix, qui
est sûr de briller, et qui n'a que ce
moyen de plaire. »

Clara mécontente de voir les flatte-
ries d'Eléonore l'emporter sur le bon
sens de Davenant, s'était exprimée avec
vivacité.

« Peut-être, répliqua Davenant d'un
ton un peu piqué, me jugez-vous trop
vieux pour danser et pour chanter? »

« Nullement, dit Clara ; je vous ai expliqué ma seule objection. »

Mais Eléonore avait décidé qu'il chanterait. Elle redoubla ses instances ; d'autres dames y joignirent les leurs, et il fallut qu'il cédât à leurs importunités. Davenant adressa en ce moment un regard suppliant à Clara, qui eût voulu être bien loin. Ce qu'elle avait prévu arriva : la voix de Davenant n'étant soutenue par aucun instrument, parut fort ordinaire ; il resta donc fort au-dessous de l'attente que faisait naître son talent et son mérite reconnus. Une timidité excessive, qu'augmentait l'inquiétude visible de Clara, avait encore affaibli ses moyens. Lorsqu'il eût cessé de chanter, ni les applaudissemens de ses auditeurs, ni même les éloges exagérés d'Eléonore ne purent le satisfaire, ni le réconcilier avec lui-même : il eût eu besoin d'un regard d'approbation, d'un mot de la bouche véridique de Clara Delancy ; mais elle demeura muette, et l'amour-propre de Davenant en fut mortifié.

« Qu'ai-je donc besoin, pensa-t-il, de plaire à l'indifférente Clara, quand la sensible et charmante Eléonore veut bien être contente de mes efforts? »

On l'invita alors à faire sa partie dans un chœur. Il y consentit.

« Vous le voyez, dit-il vivement à Clara, je vais encore une fois m'exposer à la critique. »

« Au moins, répondit-elle, ce sera en compagnie; j'avoue pourtant qu'il est rare qu'un chœur soit bien chanté par des personnes qui ne l'ont pas répété d'avance ensemble. La plupart de ceux qui se soumettent à cette épreuve y sont déterminés par la vanité, par le désir de se mettre en évidence, ou occuper l'attention des autres, et on aime encore mieux chanter mal que de ne pas chanter. »

« Vous recherchez bien sévèrement les motifs des actions des autres, dit Davenant. Je ne l'aurais pas cru...Vous ressemblez à une matinée de mai, armée d'un vent piquant qui coupe la figure:

je reconnais pourtant la justesse de vos remarques. Mais je vois qu'on m'attend, et je vais me soumettre à votre censure. »

Il la quitta en prononçant ces mots, et quatre personnes qui ne s'étaient jamais vues, qui jamais n'avaient chanté ensemble, se disposèrent à exécuter un morceau qui exigeait de l'ensemble et de l'harmonie.

Clara reconnut pourtant que pour cette fois Davenant ne s'était pas chargé d'une entreprise au-dessus de ses forces, et la manière dont il chanta la basse à la première vue, lui fit tant de plaisir, qu'elle ne pût s'empêcher de jeter fréquemment sur lui des regards de satisfaction. Les autres chanteurs s'acquittèrent assez bien de leur partie, et le chœur fut redemandé.

Lorsqu'il fut terminé, Clara exprima avec tant de chaleur à Davenant le plaisir qu'elle avait eu à l'entendre chanter ce morceau, que les éloges d'Eléonore même faiblissaient à côté des siens.

Davenant l'écoutait avec une satisfaction qu'il ne pouvait dissimuler, et lui prenant la main avec émotion, « il est bien doux d'obtenir vos louanges, lui dit-il, on est sûr que vous ne dites jamais que ce que vous pensez. »

Eléonore n'entendit pas sans jalousie ce compliment mérité, et pour la cacher, elle se mit à feuilleter un livre de musique. Le signal pour commencer une contre-danse se fit entendre. Davenant dont la blessure que Clara avait faite à son amour-propre, se trouvait guérie, restait toujours auprès d'elle, mais Eléonore lui rappela la promesse qu'il lui avait faite de danser avec elle.

« Quoi ! vous allez danser ? s'écria Clara. « Je croyais vous avoir entendu dire que vous n'aviez dansé qu'une seule fois dans toute votre vie ? »

— « Cela est vrai. Mais votre cousine en s'offrant pour ma partenaire, a promis de me guider. Or, en suivant ses instructions, je ne crois pas qu'il soit possible de s'égarer. »

Clara ne répondit rien. Ils se placèrent à une contre-danse qui se formait près d'elle, et remplie d'inquiétude pour Davenant, elle ne perdit pas un seul de leurs mouvemens. Davenant, malgré le soin que prenait Eléonore de lui indiquer tout ce qu'il avait à faire, commettait erreurs sur erreurs, et chassait invariablement à gauche, quand il aurait dû chasser à droite. Il remarquait les yeux de Clara fixés sur lui, et cette circonstance ne le mettait pas plus à l'aise. Pendant une pause de la danse, il s'approcha d'elle un instant, et lui dit : « vous trouvez sans doute que j'ai fait une bévue en consentant à danser? »

« Je sais qu'Hercule a filé, lui répondit-elle. Et Davenant fut sur le point de croire que Clara éprouvait un peu de jalousie. « Serait-il possible, pensat-il, que je fusse dans l'erreur sur *le pauvre lieutenant* ? »

Lorsque la contre-danse fut terminée, il saisit le moment où Eléonore causait avec quelques dames, pour aller rejoindre Clara.

« Hercule a fini sa quenouille , lui
dit - il , mais vous le croyez sans doute
prêt à en commencer une autre ? »

— « Pourquoi non , s'il ne croit pas
cette occupation indigne de lui ? »

— « Mais vous-même qu'en pensez
vous ? »

— « Je puis avoir tort ; mais , à vous
dire vrai, je n'aime à voir danser que
des hommes encore très-jeunes. Les
hommes, en général , ont rarement de
la grâce dans leurs mouvemens ; et je suis
toujours étonnée de voir des hommes
de sens ; des hommes d'un âge mûr,
et d'un rang honorable, se donner en
spectacle , et imiter les pas et les gestes
étudiés d'un maître de danse , sans en
avoir ni l'art ni l'agilité. Jamais je n'ai
pu supporter de voir danser un homme
ayant droit à l'estime et au respect. Je
me rappelle qu'un homme pour qui
j'avais la plus sincère estime , et qui
malheureusement n'existe plus , ayant
été chargé de faire les honneurs d'un
bal qui se donnait dans notre voisinage,

on me dit qu'il se proposait de l'ouvrir lui-même. Je répondis que s'il le faisait, je sortirais de la salle, parce que je ne pourrais supporter de voir un homme que j'estimais autant, oublier ainsi ce qu'il se devait à lui-même. Je ne fus pas réduite à cette extrémité, car il ne dansa point. »

« Et n'est-ce donc que l'heureux objet de votre estime que vous ne pouvez supporter de voir danser ? s'écria Davenant en lui saisissant la main, et en fixant sur elle des regards passionnés. « Si cela est ainsi, je dois être fier de votre répugnance à me voir me donner en spectacle ? »

Clara craignant d'en avoir trop dit, essaya de se dégager, en lui disant: « je n'ai parlé que d'estime. »

« Ah ! oui, s'écria Davenant, en quittant sa main, de la froide estime ! et s'éloignant d'elle sur le champ, il alla rejoindre Eléonore, laissant Clara dans le plus grand embarras pour concilier l'expression avec laquelle il l'avait regardée et les paroles qu'il lui avait adressées, avec la préférence marquée qu'il semblait accorder à Eléonore. Elle fit plus que soupçonner qu'à l'égard d'elle-même, Davenant était dominé par quelque prévention.

On annonça le souper qui était servi sur plusieurs tables préparées dans une grande salle, et où chacun se plaça au hasard ou d'après son inclination.

Eléonore jalouse de la déférence que Davenant avait montrée dans la soirée pour Clara, eut soin de se placer à une autre table que sa cousine, afin qu'il ne pût en être voisin : car ayant dansé avec miss Musgrave, l'usage voulait qu'il fût près d'elle à table, sinon par goût, au moins par politesse. Mais les deux tables étaient voisines, et Eléonore ne tarda point à avoir sujet de regretter cette proximité.

M. Fielding, le jeune homme qui l'avait engagée à valser, et en présence duquel elle avait fait un mensonge dont elle lui avait ensuite fait des excuses sans

H.   5

rougir, s'était placé à la même table que
Clara, dont il était l'admirateur secret ;
car n'ayant pas une fortune qui lui per-
mît d'aspirer à sa main, il n'avait jamais
affiché de prétentions, et l'on ne pouvait que soupçonner ses sentimens. C'é-
tait un jeune homme estimable, sous
tous les rapports ; mais il était malheureusement du nombre de ces gens qui
ayant une grande habitude de sobriété,
ne peuvent se permettre le plus léger
extraordinaire qu'il ne devienne un excès, et dont la raison une fois troublée
ne sait plus respecter les convenances.

Il ne tarda pas à se trouver dans cet
état fâcheux, et Clara s'en aperçut aux
propos galans qu'il lui adressait contre
sa coutume, et qu'elle écoutait avec
patience, voyant qu'il n'était plus maître
de lui. Tout à coup il remarqua miss
Musgrave à la table voisine : « Charmante
fille ! dit-il, mais menteuse comme
une femme de chambre. » Il continua
sur le même ton, au point qu'Eléonore
l'entendit, et craignit qu'il ne fût aussi

entendu de Davenant. Clara alarmée,
à la fois pour elle-même et pour Eléonore, se leva de table, dans l'espérance
que ses voisins en feraient autant; mais
Fielding la retenant, s'écria : « un instant miss Delancy, un instant! Dites-
moi, je vous prie, valsez-vous quelquefois? »

— « Jamais. »

— « Je le sais, mais quand je ne le
saurais point, je ne vous en croirais pas
moins, car vous êtes toute vérité, vous,
tout honneur. Voyez-là, dit-il à ses
voisins, en tenant toujours sa robe, et
en la forçant à se rasseoir, voyez cette
belle tête, cette taille charmante, cette
grâce divine; eh bien tout cela n'est rien
auprès de son esprit, de son cœur, de
son âme. Messieurs, je porte sa santé.
A ces mots ils remplit son verre, et le
vida à l'instant.

« Mon cher Charles, lui dit Clara avec
douceur, ne me retenez pas plus long-
temps, et, je vous en supplie, ne buvez
pas davantage! »

« Que je ne boive pas davantage !
s'écria-t-il. Ecoutez Clara, et il se mit à
chanter la chanson suivante avec autant
de goût que d'expression.

Je ne puis me résoudre à croire
Que vous ayez tant de rigueur,
En m'accordant de ne plus boire,
Vous m'enlevez tout mon bonheur.
Tandis qu'en m'offrant votre image
L'Amour me prive du repos,
Souffrez qu'au moins Bacchus me dédommage
En amenant l'oubli de tous mes maux.

Grâce à son heureuse influence,
Je jouis d'un rayon d'espoir.
Je crois vivre dans l'opulence,
Tout est soumis à mon pouvoir ;
Je ne me trouve plus le même ;
Tout mon être semble aggrandi ;
Et quand enfin je vous dis « je vous aime »
L'aurais-je osé s'il ne m'eût enhardi ? (1)

Le plus parfait silence avait régné, à
la grande confusion de Clara, dès qu'il
avait commencé à chanter. Quand il eut
fini, il lâcha sa robe qu'il avait retenue

_____

(1) Cette traduction de la chanson anglaise
appartient toute à M. de F**.

jusqu'alors, et elle s'empressa d'aller joindre Eléonore qu'elle engagea à remonter dans la salle du bal. Mais Fielding les suivit, et prit le bras d'Eléonore sans lui parler. Elle se retourna sur-le-champ, et le reconnaissant : mon cher Charles, lui dit-elle d'un ton suppliant, de grâce laissez-moi ! »

« Mon cher Charles ! répliqua-t-il en imitant son ton et ses gestes. Je ne vous connais pas, madame ; jamais je ne vous ai vue, jamais je ne vous ai parlé. Vous rêvez, madame.

Davenant ne concevait rien à ce que disait ce jeune homme ; mais voyant l'agitation d'Eléonore, il se retourna pour prier Fielding de se retirer. Clara qui prévit qu'il pourrait en résulter une querelle, s'empara du bras de Charles, et l'entraîna d'un autre côté.

« Mon bon Charles, lui dit-elle, vous aurez bien du regret quand vous vous souviendrez demain matin, ou quand on vous dira combien vous nous avez chagrinées ce soir Eléonore et moi. »

— « Je serais désespéré de vous avoir chagrinée : quant à Eléonore... »

— « Chut ! songez qu'elle est mon amie, et que l'outrager, c'est m'outrager moi-même.

— « Vous outrager ! vous, miss De-lancy ! vous pour qui je m'estimerais heureux de perdre la vie ! »

— « Eh bien ! si vous avez quelque amitié pour moi, donnez-m'en la preuve en retournant chez vous sur-le-champ. Vous devez sentir que vous n'êtes pas dans un état à rester ici plus long-temps. »

— « Vous avez raison, je vous obéirai ; je vous prouverai mon dévouement par mon obéissance. Ainsi donc, adieu, Clara, adieu. *In vino veritas*, dit un proverbe. J'ai prouvé aujourd'hui qu'il n'est pas menteur. Adieu, Clara, pardonnez-moi ; et accordez-moi quelque pitié. »

Il la quitta pour retourner chez lui ; mais ayant rencontré près de la porte Eléonore et Davenant, il ne put s'empêcher de lui lâcher encore un sarcasme en passant. Quand il se trouva devant elle, il fit jouer sa main comme s'il eût tenu un éventail, et relevant la tête en imitant sa voix. *Valser!* s'écria-t-il, *moi valser! jamais je ne valse, je ne valserais pas pour tout au monde! vous rêvez, M. Fielding!* et la saluant d'un air ironique, il disparut.

« Que je suis charmée qu'il soit parti! s'écria Eléonore qui avait tremblé tant qu'il était resté près d'elle. Quelques verres de vin suffisent pour lui troubler l'esprit. Comme il est aussi fier que pauvre, s'étant imaginé m'avoir vue valser, et avoir valsé avec moi, sa vanité s'est trouvée blessée de mon refus, et voilà pourquoi il s'est conduit à mon égard comme vous l'avez vu se conduire. »

Ce discours assez plausible, calma les soupçons que Davenant avait commencé à concevoir sur la véracité d'Eléonore à ce sujet.

Davenant et Eléonore étant entrés

dans le salon de musique, y trouvèrent
Clara entourée d'une foule de personnes
qui la priaient de chanter un air en s'ac-
compagnant de la guitarre. Elle y consentit sur le champ, et chanta les adieux
d'un soldat espagnol à sa maîtresse,
avec tant d'expression que la salle re-
tentit d'applaudissemens quand elle eut
fini.

« Miss Delancy a réellement chanté
con amore, dit Davenant en soupirant.
Je présume qu'elle pensait au *pauvre
lieutenant.* »

« Au pauvre lieutenant! dit Eléonore :
que voulez-vous dire? »

— « Mon oncle m'a tout dit. Il m'a
appris l'engagement qui existe entre
votre cousine et le lieutenant Beaumont. »

« Réellement, dit Eléonore, résolue
d'entretenir dans l'esprit de Davenant
une idée qu'elle trouvait favorable à ses
projets. Cela est fort mal à mon tuteur.
Je n'aurais pas été capable d'une telle
indiscrétion. »

« — « Peut être parce que vous êtes davantage dans la confidence. »

Eléonore ne répondit rien. Elle se contenta de sourire d'un air mystérieux.

La compagnie ne tarda pas à se séparer. On annonça les voitures. Elles étaient en grand nombre. M. Davenant alla voir si celle de M. Morley était arrivée. Elle était à quelque distance ; et quand Clara, Eléonore et la dame qui leur servait de chaperon en furent informées, elles résolurent d'aller la chercher en suivant le trottoir, plutôt que de rester à l'attendre peut-être encore long-temps. Malheureusement la voiture se trouvait en face d'un café. Quelques jeunes gens échauffés par le vin en sortaient en ce moment, pendant que la dame et Clara montaient dans le carrosse, un d'eux, se plaçant devant Eléonore, lui intercepta le passage, avec une intention marquée. Davenant le repoussa du bras ; et celui-ci le repoussant à son tour, lui demanda de quel droit il frappait un homme d'honneur,

5*

l'arrêta par l'habit ; et lui dit qu'il ne le quitterait qu'après en avoir obtenu satisfaction.

Davenant parvint à faire placer Eléonore dans la voiture. Se retournant alors et présentant une carte au jeune tapageur : « N'effrayez pas ces dames, lui dit-il, voilà mon adresse, si vous avez à me parler, vous me trouverez demain matin. » Sautant alors dans le carrosse, il donna ordre au cocher de partir, tandis que le jeune homme lisait à la lueur d'un reverbère, la carte qu'il venait de recevoir.

Clara n'avait rien perdu de cette scène, et elle forma le projet d'informer son tuteur en arrivant, de tout ce qui venait de se passer, s'il n'était pas encore couché ; dans le cas contraire, elle se proposait de lui parler le lendemain de très-bonne heure, pour qu'il avisât au moyen de prévenir les suites funestes de ce fâcheux incident. Son parti pris, elle s'efforça de se tranquilliser, car cette dernière scène, jointe à toutes les con-

trariétés qu'Eléonore avait éprouvées
pendant sa soirée, avait donné à celle-
ci des crispations nerveuses très-violen-
tes; elle pleurait, criait, se plaignait,
et restait la tête appuyée sur l'épaule de
Davenant qui était aux petits soins auprès d'elle.

La voiture arrêta d'abord chez la dame
qui les avait accompagnées. Pendant
qu'elle descendait, Clara vit devant la
voiture le même jeune homme à qui
Davenant avait donné sa carte; et elle
en conclut qu'il les suivait pour lui demander satisfaction à l'instant même,
sans attendre le lendemain. Une terreur
inexprimable s'empara d'elle en ce moment. Elle eut pourtant assez de force
d'esprit pour n'en rien faire paraître,
et Eléonore par son indisposition qu'elle
prolongeait avec adresse, s'emparait de
toute l'attention de Davenant, ne songeant qu'à elle, ne s'occupant que d'elle;
il ne pensait nullement à Clara, tremblante des suites que pouvait avoir cette
aventure, et souffrant cruellement du

mal qu'elle s'était fait au pied , quoique
pendant toute la soirée elle n'eût pas
voulu laisser échapper une plainte, de
peur de troubler les plaisirs des autres.
Il oubliait Clara dévorée du chagrin de
voir l'homme à qui elle accordait une
préférence secrète , la négliger entièrement , pour prodiguer à sa rivale les
plus tendres soins.

Enfin , la voiture arriva chez M. Morley. Davenant insista pour transporter
lui-même dans la maison Eléonore qui
feignait de ne pouvoir se soutenir. Il retourna ensuite à la porte pour offrir la
main à Clara. Comme elle ne paraissait
pas à la portière , il l'appela. N'en rece-
vant aucune réponse , il monta dans la
voiture , et l'y trouva froide et privée de
tout sentiment. Il se reprocha cruellement alors de l'avoir si totalement
négligée, il la prit entre ses bras, la
déposa en tremblant sur un sopha ,
et conçut de nouvelles inquiétudes en
voyant la pâleur de la mort empreinte
sur ses traits. Eléonore se hâta de le ras-

surer en lui disant que ce n'était qu'un
évanouissement, et qu'il ne s'agissait
que de lui faire respirer quelques sels.
Mais il ne s'en trouvait pas sous la main.
Un étranger qui était entré en même
temps que Clara et Davenant, se précipita hors de la maison, et rapporta un
flacon presque au même instant. Eléonore le prit, sans faire attention à celui
qui le lui présentait ; l'ayant fait respirer
à sa cousine, celle-ci ne tarda pas à reprendre ses sens, à la joie inexprimable
de Davenant.

Pendant la courte absence de l'étranger, Davenant avait demandé à miss
Musgrave si elle savait à quoi attribuer
l'évanouissement de sa cousine ?

La réponse d'Eléonore était toute
prête. « N'avez-vous pas entendu dire
ce soir que le 54e. régiment d'infanterie
a reçu l'ordre de partir sur le champ
pour les Indes occidentales ?

— « Oui. Est-ce dans ce régiment que
sert le.......?

— « Oui.

— « Alors tout est expliqué. »

Clara avait repris ses sens et ouvert
les yeux. Son premier regard tomba sur
l'étranger qui semblait absorbé dans ses
réflexions, et auquel personne ne songeait. Aussitôt elle poussa un grand cri,
et le regardant d'un air de terreur et
d'aversion : « Que fait cet homme ici,
s'écria-t-elle? Pourquoi y est-il entré? »
En même temps elle étendit le bras
droit autour du corps de Davenant,
comme si elle eût voulu le protéger
contre quelque ennemi.

Cette exclamation fixa tous les yeux
sur l'étranger, qui, s'avançant d'un air
gracieux, dit d'un ton fort ému : « Ban-
nissez toute inquiétude, aimable dame,
et que la physionomie la plus douce que
j'aie jamais vue ne prenne plus en me
regardant l'expression de la haine ni de
la crainte! — M. Davenant, c'est à moi
que vous venez de laisser votre adresse.

— « Je vous entends, monsieur; je
vous suis.

— « Non, monsieur, je dois m'expli-

quer ici. — Quand j'eus lu votre nom
sur la carte que vous m'aviez laissée, je
crus que j'expirerais à l'instant de honte
et de regret. Est-ce bien moi, pensai-
je, qui ai insulté le noble, le généreux
M. Davenant? celui qui dans l'Inde a
sauvé non-seulement la vie de mon pauvre frère, mais sa réputation, son honneur. » Je courus après la voiture qui
n'était encore qu'à quelques pas, et qui
heureusement s'arrêta en chemin, ce
qui me permit de la rejoindre. Je l'ai
suivie jusqu'ici, et me voici, la tête
pleine de vin, mais le cœur rempli de
reconnaissance, prêt à vous faire toutes
les excuses que vous voudrez recevoir.
—Oh! M. Davenant, quel serait le désespoir du pauvre John O'Byrne, s'il ap-
prenait que son frère a levé le bras contre vous! »

Davenant n'avait pu trouver le moment de l'interrompre, tant il avait
parlé avec chaleur et volubilité. Lui présentant alors la main : « Je me félicite-
rais, lui dit-il, de toute circonstance qui

m'aurait procuré l'occasion de faire la connaissance du colonel O'Byrne, d'un brave et respectable officier; si cette circonstance n'eut causé des alarmes aux dames qui sont devant lui : c'est donc à elles, à miss Delancy et à miss Musgrave, ajouta-t-il en les lui désignant, qu'il doit faire agréer ses excuses. »

« Vous êtes mille fois trop généreux, s'écria O'Byrne! Demander pardon à ces dames. — Je le demande de toute mon âme, je le leur demanderai à genoux.— Mais combien de fois devrai-je le demander? Ne conviendrait-il pas que je vinsse tous les jours, à heure fixe, renouveler mes excuses? — Non. Ce serait une récompense, et je mérite une punition; Cependant, ajouta-t-il en soupirant et en portant les yeux sur Clara, le regard d'aversion que m'a lancé miss Delancy est un châtiment suffisant pour punir le plus grand des pécheurs. — Eh bien, mesdames, me pardonnez-vous? Miss Delancy, me promettez-vous de ne plus jeter sur moi des regards si terribles? »

« Je vous le promets, dit-elle en lui tendant la main, à moins que vous ne méritiez de nouveau mon aversion.

— « Alors je n'ai plus rien à craindre. — Et cette autre jeune dame me pardonne-t-elle aussi?

— « Oui, sous les mêmes conditions.

— « Adieu donc. — J'espère, M. Davenant, que vous me permettrez de garder votre carte; car je projète encore une attaque contre vous. Je veux, par force ou par surprise, tâcher de m'emparer de votre amitié. J'aimerais mieux être votre ami, que premier aide-de-camp d'un empereur. »

A ces mots, il se retira. Davenant ne tarda pas à le suivre, et Clara, quoique soulagée des craintes qui avaient causé en partie son évanouissement, se trouvant encore trop faible pour se soutenir seule, fut conduite dans son appartement par sa femme-de-chambre et par Eléonore.

Son esprit était pourtant encore plus

malade que son corps. D'après la scène qu'elle avait vue dans la voiture, elle ne pouvait plus douter que Davenant n'eût dessein de demander la main d'Eléonore, s'il ne l'avait pas encore fait. Tout espoir était donc perdu pour elle : « Et cependant, pensait-elle, il y a des instans où il me témoigne autant de tendresse qu'à miss Musgrave. »

Le lendemain, Davenant reçut de très-bonne heure la visite du colonel O'Byrne, qui lui témoigna de nouveau ses regrets de ce qui s'était passé la veille, et lui demanda vivement son amitié. Après avoir causé quelque temps, le colonel fit l'éloge de Clara avec enthousiasme, et dit avec franchise à Davenant qu'une seule chose pouvait l'empêcher de chercher à lui plaire, la crainte d'aller sur ses brisées. « Je crois donc, ajouta-t-il, ne pas commettre une indiscrétion en vous demandant s'il existe quelque engagement entre vous.

« Il n'en existe aucun, répondit Davenant.

« Mais sans engagement formel, il pourrait exister entre vous un attachement réciproque. En voyant l'effet terrible que produisit sur elle ma sotte conduite, la manière dont cette charmante fille, en reprenant ses sens, vous entoura de ses bras, comme pour vous défendre contre moi, je ne pus m'empêcher de penser que son cœur avait parlé en votre faveur.

« Je ne suis pas si heureux, colonel, répliqua Davénant. Ce n'est pas que les mêmes réflexions ne se fussent présentées à son esprit ; mais connaissant toute la bonté du cœur de Clara, il n'attribua sa conduite qu'à un sentiment d'humanité, et pensa qu'elle aurait agi de même à l'égard de tout autre qui se serait trouvé dans la même position.

Après le départ du colonel, Davenant se rendit chez M. Morley, et après s'être informé de la santé de Clara, qui ne souffrait plus que du pied sur lequel elle ne pouvait encore s'appuyer. Eh bien, miss Delancy, lui-dit-il, les événemens de la nuit dernière vous ont assuré un nouvel admirateur.

« Quelle folie! dit Clara.

— « Rien n'est plus vrai. Le colonel O'Byrne a déjeûné aujourd'hui avec moi, ne m'a parlé que de vous, m'a répété combien il avait été peiné du regard d'aversion que vous avez jeté sur lui, et m'a dit que la plus grande preuve d'amitié que je pusse lui donner, serait de le présenter à mon oncle, afin de le mettre à portée de chercher à mériter d'obtenir de vous quelque sourire agréable. — Me permettez-vous de l'amener ici?

— « Tous vos amis y seront toujours bien venus.

— « Mais ne voulez-vous le voir que comme mon ami? Savez-vous que le colonel désirait depuis long-temps trouver le moyen de vous être présenté? qu'il vous suivait au spectacle, au parc; qu'il vous cherchait partout où il pouvait espérer de vous rencontrer, avec autant

de soin qu'un astronome suit les mouvemens de la planète qu'il observe?

« Je l'avais remarqué, dit Eléonore,
j'avais même eu la vanité de croire que
c'était moi que ses assiduités avaient
pour objet ; mais j'ai été détrompée hier
par la manière dont il vous a parlé.

« Il n'a dit que ce qu'il pensait, le
pauvre jeune homme, dit Davenant ; il
désire essayer de gagner le cœur qui
anime cette physionomie qu'il trouve si
douce. Il m'a demandé si je croyais
qu'il pût se flatter d'y réussir. Je n'ai osé
répondre à cette question. Mais qu'en
pense miss Delancy elle-même?

« Elle pense, dit Clara avec émotion,
qu'elle verra et recevra toujours avec
plaisir le colonel O'Byrne comme votre
ami ; mais que jamais, jamais, il ne sera
pour elle autre chose qu'un ami.

— Mais si le colonel me demande s'il
existe quelque raison particulière qui
puisse l'empêcher de concevoir des espérances, que dois-je lui répondre?

— « Est-il nécessaire que vous lui répondiez ?

— « Supposez qu'il me demande si votre cœur n'est pas déjà engagé. — Que devrais-je lui dire?

— « Que vous n'en savez rien, répondit Clara en pâlissant.

— « Mais si je desire le savoir? si j'ose vous faire cette question? si, comme votre ami, comme prenant intérêt à votre bonheur, et par des motifs particuliers, je prends la liberté de vous demander moi-même si vous êtes encore maîtresse de votre cœur? »

Clara confondue par cette demande inattendue, pâlit et rougit tour-à-tour, se leva, se rassit, et fut quelques instans incapable de répondre. Eléonore, présente à cet interrogatoire, n'était pas plus à l'aise, quoique par une cause toute différente. Connaissant ce qu'elle appelait la maladie de Clara, c'est-à-dire son respect religieux pour la vérité, et s'étant déjà aperçue que sa cousine n'était rien moins qu'insensible pour Dave-

nant, elle craignit qu'elle ne lui répon-
dît ingénuement : « Non »; et que s'il
lui demandait ensuite si le lieutenant
Beaumont était l'objet de ses affections,
elle ne lui répétât avec la même franchise : « Non »; ce qui, joint au trouble
qui agitait Clara, aurait pu faire soupçonner à Davenant qu'il était lui-même l'heureux mortel. Elle se trouva bien soulagée,
quand Clara reprit assez de courage pour
dire : « Je crois, monsieur, que personne n'a le droit d'adresser une pareille question à une femme, et que
vous devez m'excuser, si je refuse d'y
répondre. En agissant ainsi, je pense ne
faire que maintenir le privilége de mon
sexe.

« C'est m'en dire assez, miss Delancy, répliqua Davenant en la saluant
d'un air froid et contraint : il ne peut
me rester aucun doute. Amie de la vérité comme vous l'êtes, vous m'auriez
répondu: « Non », sans hésiter, si vous
aviez pu le faire sans la trahir. Mais
quoique la fille de miss Delancy ne

veuille pas me regarder comme un ami,
j'espère pouvoir quelque jour la convaincre que je suis le sien, et que la
question que je me permettais de lui
faire ne m'était pas inspirée par une in-
discrète curiosité. »

A ces mots, il se retira. « Pauvre
O'Byrne! pensa-t-il, il ne peut concevoir
aucune espérance; le lieutenant Beaumont est bien certainement l'amant fa-
vorisé. »

Le lendemain, Clara qui ne pouvait
encore marcher, désirant prendre l'air,
sortit en voiture découverte avec Eléonore, M. Morley et Davenant. En passant dans Bond-Street, la voiture fut
arrêtée par un embarras. Un jeune
homme qui travaillait dans une boutique
d'armurier, vis-à-vis de laquelle on se
trouvait, en sortit en apercevant miss
Delancy, s'approcha de la voiture, et
s'adressant à elle : « Madame, lui dit-il,
l'épée que vous avez ordonnée est prête:
désirez-vous la voir?

« Une épée! s'écria Morley, une épée

pour vous, mon enfant! et quel besoin pouvez-vous avoir d'une épée?

« Bien certainement, monsieur, dit Clara en rougissant, je n'en ai aucun besoin pour moi-même; mais j'ai dessein d'en faire présent à un militaire de mes amis, et je serai charmée de savoir comment vous la trouvez.

« Ah! je vois ce que c'est, dit M. Morley, en jetant à la dérobée un regard d'intelligence sur Davenant, dont l'agitation n'était pas moindre que celle de Clara; et il sentit sa conscience soulagée d'un certain poids, en pensant que ce qu'il avait dit à son neveu, croyant faire un mensonge, pouvait bien être une vérité. »

L'ouvrier apporta l'épée qui était fort belle et très-bien travaillée. Chacun en fit l'éloge, et Éléonore dit à Clara que son ami exciterait la jalousie de tout son régiment. Il demanda ensuite à quelle adresse il devait l'envoyer, et Clara qui prévoyait à quels soupçons

11.   6

elle allait s'exposer, répondit en rougissant encore davantage : « A M. Beaumont, lieutenant au 54ᵉ régiment d'infanterie, à Lynn Regis. »

La voiture se remit en marche, et
cette aventure ayant mis en bel humeur Eléonore et M. Morley, ils causè-
rent avec une gaîté plus qu'ordinaire pendant le reste de la promenade. Clara
sentait une oppression qui l'empêchait
de prendre part à la conversation, et
Davenant qui ne trouvait dans cet incident que la confirmation de ce qu'il
avait appris, n'en conçut pas moins de
jalousie; piqué de n'avoir pu réussir à
plaire, il chercha à mortifier Clara en ne
lui adressant ni une parole, ni même
un regard, et en paraissant n'être occupé que du desir de gagner le cœur
d'Eléonore.

Le lendemain matin, des que Davenant arriva, M. Morley le fit prier de
passer dans son cabinet. Il avait l'air si
grave et si sérieux, que son neveu s'en
aperçut en entrant, et il lui demanda s'il

avait été assez malheureux pour l'offenser sans le savoir.

— « Pour m'offenser ? non. Mais je
dois avouer que votre conduite n'est pas
telle que je l'attendais de vous. »

— « Et en quoi, s'il vous plaît ? »

— « Je crains que vous ne vous fassiez un jeu de gagner l'affection d'une
jeune fille trop sensible, sans avoir l'intention d'y répondre. »

— « Expliquez-vous, mon oncle? »

— « Je vois très-clairement qu'Eléonore vous aime, et elle a quelques raisons pour croire que vous l'aimez. Cependant j'ai appris d'elle-même que
vous ne lui avez encore fait aucune proposition sérieuse. »

— « Lui en avez vous fait la question?»

— « Oui, parce que causant avec
Clara, sur votre conduite avec Eléonore
pendant votre retour au logis, elle est
convenue que votre manière d'être à
tous d'eux était celle de deux amans,
et elle a pensé que vous vous proposiez
de lui demander sa main.

— « Miss Delancy vous a dit cela ? »

— « Oui, et comme tuteur de miss Musgrave, ayant à veiller à la tranquillité de son cœur, je crois de mon devoir de vous inviter à mettre fin à vos assiduités, ou à vous expliquer franchement. »

— « Quoi ! avant que j'aie eu le temps de faire toutes mes réflexions ? »

— « Il me semble, Sidney, que le temps ne vous a pas manqué. »

— « J'en conviens, j'en conviens.—Et miss Delancy pense-t-elle que je doive demander la main de sa cousine ? »

« Sans doute elle le pense, répondit sans hésiter M. Morley qui vit que l'opinion de Clara paraissait devoir influer sur la détermination de son neveu. »

— « Et probablement elle le désire ? »

— « Je n'en doute nullement. »

— « Vous l'a-t-elle dit ? »

— « Mais.... oui..... sans doute ! »

— « Eh bien, monsieur, le dé en est jeté, et dès dimanche, je compte offrir à miss Musgrave mon cœur et ma main,

—J'aurais pourtant desiré avoir plus de temps pour étudier son caractère, et....»

« Folie, s'écria Morley. Ne savez vous pas déjà qu'elle est belle, jeune, riche ; pleine de talens, d'esprit et de grâces ; qu'elle vous aime enfin ? »

« Ce dernier point, dit Davenant, est celui sur lequel j'ai le moins de certitude, et c'est pourtant ce qui déterminerait ma résolution. »

Il crut sans doute avoir acquis cette certitude, car avant la fin de la journée il avait offert sa main à Eléonore qui l'acceptasans balancer.

Je n'affirmerai pas que Clara dormit d'un sommeil très-paisible la nuit suivante, et que le bonheur de sa cousine ne lui coûta pas quelques larmes. Elle avait desiré fixer le choix de Davenant, et ce n'était pas un sentiment de pur égoïsme qui lui faisait regretter de n'y avoir pas réussi. Elle connaissait le caractère franc et ouvert du neveu de son tuteur, et elle craignait qu'il ne put être heureux avec une femme dont les dis-

positions étaient si différentes des siennes. Elle supporta pourtant ce coup
avec la force d'âme qui lui était ordinaire, et résolut de vaincre une passion
qui était maintenant sans espoir, et qui
ne tarderait pas à devenir criminelle.

Eléonore ne fut pas si généreuse. Elle
n'oublia rien de ce qui pouvait augmen-
ter les peines secrètes de Clara, en faisant parade de son triomphe, et en la
rendant témoin, autant que possible,
des soins et des attentions que Davenant
lui prodiguait.

Miss Delancy fut affligée de ce procé-
dé. Elle ignorait qu'Eléonore ne croyait
pas être aimée de Davenant plus qu'elle
ne l'aimait elle-même; qu'elle avait très-
bien vu que sans le roman imaginé par
elle et par son tuteur, de l'amour de
Clara pour le lieutenant Beaumont,
conte dont Davenant était dupe, son
choix ne serait jamais tombé sur elle.
Aussi l'amour-propre d'Eléonore était-
il piqué au vif. Sa jalousie la tourmentait, et sa jactance quoiqu'affligeante

pour Clara, n'en prouvait pas moins plus d'ostentation que de confiance dans le bonheur dont elle se targuait.

Le pied de Clara la fit encore souffrir pendant quelques jours, au point de l'obliger à garder la chambre. Elle ne fut pas fâchée de pouvoir se dispenser d'accompagner les deux amans dans leurs courses du matin, et dans leurs parties de plaisir du soir. Elle profita de cet intervalle pour se fortifier dans la résolution de triompher du sentiment involontaire qu'elle éprouvait, et ce qui contribua à lui rendre un peu de tranquillité, fut la certitude qu'elle avait qu'Éléonore seule pouvait soupçonner son attachement pour Davenant, et une voix secrète l'assurait que sa cousine ne lui révélerait pas cette faiblesse.

La seule nouvelle que M. Morley avait apprise de la famille Harrison depuis qu'il était dans la capitale, c'est que malgré tous les soupçons d'une banqueroute frauduleuse, elle vivait pauvre et obscure dans quelque coin de Lon-

dres. Clara aurait donné beaucoup pour
connaître leur retraite ; mais elle ne
voyait aucun moyen de la découvrir.

Quoiqu'elle souffrît encore un peu,
elle avait consenti à accompagner un
matin Eléonore et M. Davenant qui allaient sortir pour faire quelques emplet-
tes. Pendant qu'ils étaient dans une
boutique, elle vit passer devant la porte
un homme assez mal mis, qu'elle reconnut sur le champ pour M. Harrison.
Elle le vit entrer dans une boutique à
deux pas, le dit à Eléonore, et se disposa à l'y suivre.

Eléonore ne fut pas très-flattée de
cette rencontre. « Ne le suivez pas ! s'é-
cria-t-elle ; si c'est réellement M. Harrison, ce serait une cruauté de vouloir
connaître son domicile malgré lui. »

M. Davenant qui avait entendu parler
des malheurs de M. Harrison, était presque du même avis que miss Musgrave :
mais Clara, oubliant son mal de pied
était deja sortie de la boutique pour
courir vers celle où elle avait vu entrer

son ancien ami, et Eléonore se trouva
obligée de l'y suivre avec M. Davenant.

M. Harrison n'y étant point, et Clara
étant bien sûr de l'y avoir vu entrer,
elle demanda au marchand si M. Harrison ne logeait pas chez lui. « Oui, madame, répondit celui-ci ; un M. Harrison loge ici avec sa famille, au troisième
étage ; mais il ne reçoit jamais personne. »

« Oh ! il me recevra, s'écria Clara, il
me recevra! »

Au même instant, M. Harrison qui
s'apprêtait à sortir de nouveau, parut
dans la boutique. Il était pâle, maigri,
vêtu d'habits qui annonçaient l'indigence. Il reconnut Clara et Eléonore,
tressaillit en les voyant, et fit un mouvement pour se retirer.

Clara le retint par le bras. « Mon cher
M. Harrison, lui dit-elle, est-il possible
que vous vous soyez si long temps, si
cruellement caché à vos meilleurs amis?»

Eléonore s'avança vers lui d'un air
d'embarras, et répéta les mêmes re-

proches que sa cousine venait de lui adresser.

Clara lui demanda à voir miss Harrison et sa famille. Il lui dit d'un ton fort ému qu'elle trouverait sa femme bien différente de ce qu'elle était autrefois, et lui demanda la permission d'aller la préparer à cette visite.

« Je crois qu'il sera bon que je vous attende ici ? dit Davenant qui craignait que la vue d'un étranger ne fût pénible pour cette famille affligée.

« Oh ! sans doute ! s'écria vivement Éléonore. »

Mais Clara qui désirait intéresser en faveur de cette famille Davenant à qui elle connaissait le pouvoir et la volonté d'obliger, insista pour qu'il les accompagnât. Lorsque M. Harrison revînt, elle le lui présenta, et celui-ci se souvint de l'avoir vu chez son oncle lorsqu'il était encore bien jeune.

« Quelque pénible qu'il nous soit, dit M. Harrison, de vous offrir le spectacle de notre indigence actuelle, ce sera un grand plaisir pour ma pauvre femme de revoir des amies telles que miss Clara et miss Eléonore, et s'il faut en croire les journaux, M. Davenant a le droit de suivre partout miss Musgrave. »

Davenant sourit, Eléonore tâcha de rougir, et sa cousine soupira.

M. Harrison les fit monter par un escalier étroit et obscur, et les fit entrer dans une grande chambre sombre, et presque sans meubles, où trois de ses filles travaillaient à une broderie, tandis que la quatrième copiait de la musique; occupations qui leur étaient devenues nécessaires pour leur fournir des moyens d'existence.

Dès qu'elles virent entrer les deux cousines, elles quittèrent leur ouvrage et coururent les embrasser, sans pouvoir s'exprimer autrement que par des larmes. Eléonore ne fut pas moins émue que Clara en voyant le spectacle intéressant de la vertu luttant avec courage contre la pauvreté, et l'on peut croire

que Davenant partagea bien sincèrement leur attendrissement.

Mistriss Harrison sortit d'une chambre voisine, appuyée sur le bras de son
mari. Il était facile de voir qu'elle sortait d'une longue maladie, et l'on ne re-
trouvait sur son visage décharné que de
bien faibles traces de cette beauté qui
avait si long-temps excité l'envie de mistriss Somerville, et qui était une des
causes de son infortune.

Elle reçut Clara et Éléonore avec la
plus touchante affection, et leur dit que
de tous les amis qu'elle avait comptés dans
un temps plus heureux, elles étaient les
seules personnes qu'elle eût pu se résoudre à revoir, parce qu'elle était bien
sûre qu'elles plaignaient sincèrement les
infortunes que sa famille avait éprouvées sans les mériter, et que si M. Davenant était digne de miss Musgrave,
comme elle n'en pouvait douter, elle
était certaine qu'il partagerait les mêmes
sentimens.

M. Harrison plaça son épouse sur un

fauteuil, mit un oreiller derrière sa tête, et présenta des chaises à la compagnie.

« Ma chère amie, dit Clara, je n'étais pas préparée à vous trouver indisposée. J'espère que vous êtes en convalescence? »

— « Oui. Dieu soit loué. Depuis que mon mari et mes filles ont trouvé de l'occupation, mon esprit est plus tranquille et ma santé se rétablit. Il en coûte bien cher pour être malade! mais j'espère avant peu pouvoir contribuer aussi par mon travail au soutien d'une malheureuse famille. »

« Mes chers jeunes amis, dit M. Harrison les larmes aux yeux, de tous les coups qui m'ont frappé, voilà celui que j'ai le plus de peine à supporter. Voir une femme née dans une famille opulente et distinguée, accoutumée à l'aisance et au luxe, condamnée à vivre dans une demeure misérable et malsaine, l'entendre parler de travailler pour gagner du pain! »

« Cela ne peut être! cela ne sera pas!

s'écrièrent à la fois Clara et Eléonore, tandis que Davenant se détournait pour cacher son émotion. »

« Il faut que cela soit, dit mistriss Harrison, où je contracterais des obligations pécuniaires, et j'ai encore trop de fierté pour me soumettre à cette humiliation. »

En ce moment, un charmant enfant d'environ cinq ans entra dans la chambre en chantant : « Maman, s'écria-t-il, c'est aujourd'hui le jour de ma naissance. L'année dernière nous avions un plumpudding : est-ce que nous n'en aurons pas cette année ? »

« Mon cher James, dit M. Harrison, ne parlez jamais dans notre famille de célébrer les jours de naissance ; mais puisque c'est celui de la vôtre, et que vous avez été bien sage, voilà deux sous pour vous acheter un gâteau. »

Et l'enfant s'échappant des bras de Clara, qui voulait l'embrasser, s'enfuit tout joyeux hors de la chambre.

« Vous savez sans doute, continua

M. Harrison, que c'est pour avoir célébré il y a quelques mois, de la manière
la plus simple, le jour de la naissance
d'Amélie, et l'arrivée de Richard à son
retour de l'Inde, que nous avons été ré-
duits à l'état où vous nous trouvez. »

« Non vraiment nous ne le savions
pas, s'écria Clara en jetant les yeux sur
Eléonore, dont le visage se couvrit d'une
pâleur mortelle.

— « Quelqu'un a été assez méchant
pour dire à mistriss Somerville que nous
avions donné une fête splendide, que
nous avions eu grand monde, une excellente musique, les meilleurs vins, les
mets les plus recherchés. Personne ne
peut savoir mieux que vous combien ce
rapport était calomnieux, puisque vous
fesiez partie de cette petite réunion.
M. Somerville, que sa femme ne manqua pas d'en instruire, en conclut que
je m'étais ménagé des ressources, et me
traita en banqueroutier frauduleux. Au
moment où j'avais l'espoir d'être associé
à une maison de commerce où j'aurais

pu gagner de quoi payer toutes mes
dettes, il refusa de signer mon contrat
d'atermoiement, et entraîna dans son
refus mes autres créanciers, tous auparavant bien disposés pour moi. Ainsi
perdu de réputation, je ne pus me résoudre à demeurer plus long-temps
dans un endroit où je me croyais l'objet de la réprobation publique. Nous
vînmes à Londres, décidés à nous sous-
traire à toutes nos connaissances.
Le chagrin causa une maladie dange-
reuse à cette chère femme, et absorba
mes faibles ressources; enfin nous prî-
mes ce logement obscur où nous vivons
du produit du travail de mes filles et du
mien. »

« Mais pourquoi, dit Clara, n'êtes-
vous pas venu nous trouver? nous aurions fait connaître la vérité à M. Somerville. »

— « Vous étiez à Londres. Il a refusé
de me voir, et il n'a voulu écouter aucun de ceux qui lui ont parlé pour moi.»

« Mais il est aussi à Londres à pré-

sent, s'écria Eléonore en se levant et
d'une voix tremblante ; nous irons le
désabuser. »

« Il est trop tard. L'occasion favorable qui se présentait pour moi est
perdue. »

— « Mais il peut s'en présenter une
autre ! s'écria vivement M. Davenant. Il
s'en présentera ! Et Clara voyait déjà ses
espérances se réaliser.

« Vous êtes bien bon, dit mistriss
Harrison. Mais M. ou pour mieux dire
mistriss Somerville est impitoyable. Elle
a toujours paru me haïr et j'en ignore
la cause, car jamais je ne l'ai offensée. »

— Vous vous trompez, dit Eléonore,
vous lui avez fait la plus cruelle offense.
— Vous étiez plus aimable qu'elle, plus
belle, plus admirée, plus estimée, et
quoique moins riche, vous voyiez meilleure compagnie, et votre société était
plus recherchée que la sienne. Voilà ce
qu'elle ne pourra jamais vous pardonner. »

« Chère miss Eléonore, » dit M. Har-

rison : pourquoi tous les cœurs ne res-
semblent-ils pas au vôtre! combien nous
fûmes surpris devoir que nous avions
un ennemi secret! car il fallait être notre
ennemi pour faire à mistriss Somerville
ce rapport infidèle. »

— « Si elle me voyait aujourd'hui, je
crois qu'elle renoncerait à m'en vouloir.»

Eléonore se leva, et s'approcha d'une
fenêtre, incapable de retenir ses sanglots. Davenant charmé de cette émotion qu'il prenait pour un élan de sensibilité, s'approcha d'elle et chercha à la
calmer en lui promettant de servir
d'appui à M. Harrison.

— « Et pouvez-vous rendre à cette
malheureuse femme sa santé, tout ce
qu'elle a perdu? Et ses sanglots redou-
blèrent.

« Croiriez-vous bien, miss Delancy,
continua mistriss Harrison, que quelqu'un a osé nous dire que c'était de vous
ou de miss Musgrave que mistriss Somerville tenait ce funeste et trompeur récit.
Mais nous vous connaissions trop bien

pour le croire, et nous nous sommes même brouillés avec celui qui vous accusait. »

« Il avait raison! s'écria Eléonore, incapable de résister plus long-temps au sentiment qui l'entraînait malgré elle, et se précipitant aux genoux de mistriss Harrison : c'est moi, moi seule qui ai fait tout le mal! — Mais bien loin de vouloir vous nuire, je n'ai agi que par amitié. Je ne pouvais pardonner à mistriss Somerville la haine qu'elle vous portait, et je ne lui ai parlé ainsi que pour lui causer du dépit. —Jamais, jamais je ne pourrai me pardonner! »

La surprise et la consternation réduisirent tout le monde au silence excepté Clara. Elle assura mistriss Harrison que c'était bien involontairement, bien contre son gré qu'Eléonore avait causé ses malheurs, et ajouta qu'elle regrettait bien vivement que mistriss Harrison ne lui eût pas fait part sur-le-champ des soupçons qu'on avait cherché à lui

donner contre elles, puisqu'Eléonore
aurait encore pu tout réparer.

— « Mais comment pouvais-je vous
parler d'une accusation que je regardais
comme aussi injuste qu'atroce? J'aurais
craint de blesser votre délicatesse, de
manquer aux égards que je vous devais.
Miss Musgrave, relevez-vous, je vous en
supplie, je vous pardonne de tout mon
cœur. »

« Mais je ne me pardonnerai jamais !
dit Eléonore en se relevant.

Un morne silence régnait une seconde
fois dans la compagnie, quand Davenant dit à M. Harrison qu'il avait une
grâce toute particulière à lui demander.
Je sais, ajouta-t-il, que vous aviez été
destiné au barreau, et que vous avez
quitté cette profession pour le commerce.
Vous devez par conséquent connaître
les lois, entendre les affaires, et vous
pouvez me rendre un grand service. Je
viens d'hériter d'une terre considérable
qui appartient à un de mes oncles dans

le comté de Surrey. Son intendant, dont
j'ai des raisons de soupçonner l'intégrité,
doit me rendre un compte de plusieurs
années. Je désire qu'il soit examiné par
un homme honnête et intelligent ; mais
l'affaire est urgente, il faudrait partir dès
demain matin. Y consentez-vous ? »

M. Harrison persuadé que Davenant
avait un besoin réellement urgent de ses
lumières et de son intégrité, lui répondit
qu'il était prêt à se charger de cette mission, et lui témoigna la reconnaissance
de la confiance qu'il lui montrait.

Clara qui lisait mieux dans le cœur de
Davenant, ne put retenir des larmes de
plaisir et de sensibilité.

M. Davenant et Harrison eurent un
entretien dans une chambre voisine ; et
quand ils rentrèrent, celui-ci dit qu'il
allait retenir une place pour le lendemain
à la diligence, retirer son meilleur habit
qu'il avait été obligé de mettre en gage,
et dit à ses filles de lui préparer un petit
paquet de linge ; après quoi serrant la
main de Davenant, il salua d'un geste le

reste de la compagnie, son cœur étant trop plein pour qu'il pût s'exprimer.

Davenant dit alors à mistriss Harrison, que maintenant qu'il avait l'avantage de pouvoir appeler M. Harrison son homme d'affaires, son amour-propre aurait trop à souffrir si elle restait plus long-temps dans un semblable logement; qu'il espérait donc qu'elle lui permettrait de lui en chercher un plus convenable, et qu'il s'en occuperait incessamment.

Le peu de force qui restait à mistriss Harrison se trouvait épuisé par suite des diverses sensations qui l'avaient successivement agitée en si peu de temps; le plaisir de revoir d'anciennes amies; le chagrin de trouver en l'une d'elles la cause de tous ses malheurs, la reconnaissance que lui inspiraient les procédés généreux de M. Davenant, et par-dessus tout l'espoir de voir son mari recouvrer sa réputation. Elle eut à peine la faculté de lui témoigner combien elle était sensible à ses bontés, pressa la main de Clara, embrassa Eléonore qui se jeta

à son cou en pleurant, et laissant ses
filles avec elles, demanda la permission
de se retirer dans sa chambre.

Eléonore dit alors qu'elle n'aurait pas
un moment de tranquillité jusqu'à ce
qu'elle eût détrompé M. Somerville;
j'espère ajouta-t-elle, que cette terrible
leçon ne sera pas perdue pour moi. Je
l'espère aussi, dit Davenant d'un ton
grave; Eléonore fut choquée de cette
exclamation qui la fit rougir.

Davenant proposa alors de partir, et
comme ils n'étaient pas loin de Clapham,
il donna ordre au cocher de les y conduire, afin de voir si l'on y pourrait
trouver un logement en bon air, convenable à une convalescente; il en vit un
dans lequel on pouvait entrer dès le lendemain, et il le retint sur-le-champ. Ils
revinrent à Londres par le pont de
Westminster, et à l'instante prière d'E-
léonore, ils se rendirent de suite chez
M. Somerville. Ils furent assez heureux
pour le trouver chez lui. Clara lui fit en
pleurant la description de l'état déplo-

rable, dans lequel elle venait de découvrir M. Harrison, de la misère où sa famille était réduite, et du délabrement de la santé de sa femme ; Eléonore prenant à son tour la parole, s'accusa sans ménagement, et avec toute l'éloquence du repentir et de la vérité, lui avoua même les motifs qui l'avaient portée à un mensonge dont les suites avaient été si funestes. Elle finit par conjurer M. Somerville, s'il persistait à croire M. Harrison coupable de banqueroute frauduleuse, d'aller le visiter dans son logement actuel, afin de se convaincre de son innocence.

M. Somerville était un homme essentiellement juste ; il avait agi avec rigueur contre M. Harrison, parce qu'il le croyait coupable ; maintenant qu'on lui donnait des preuves évidentes du contraire, il témoigna le plus vif regret d'avoir involontairement occasionné, par amour pour la justice, les souffrances d'un homme pour lequel il avait eu autrefois la plus haute estime.

«Ainsi, Monsieur, dit Davenant, nous pouvons espérer que vous signerez incessamment le contrat d'atermoiement de M. Harrison, et que vous engagerez ses autres créanciers à en faire autant, en les assurant de son innocence. Si vous le désirez, je ferai signer par ces dames la déclaration qu'elles viennent de faire, et je vous la remettrai. »

« J'espère que cela ne sera pas nécessaire, Monsieur, dit M. Somerville.

Après leur départ, M. Somerville qui craignait un peu le caractère violent et irascible de sa femme, ne savait trop comment elle prendrait le changement de ses dispositions à l'égard de M. Harrison : mais quand il lui eut représenté le changement total que la maladie et le chagrin avaient apporté dans les traits de mistriss Harrison, et qu'il la lui eût peinte maigre, pâle, flétrie et n'ayant plus qu'un souffle d'existence, mistriss Somerville n'ayant plus de rivalité à craindre, donna son approbation pleine et entière aux nouveaux projets de son

mari, et l'engagea même à voir sur-le-
champ les créanciers de M. Harrison
afin de mettre ce pauvre homme en
état de gagner honnêtement un morceau
de pain. »

Mais l'être bienfaisant qui prenait
au sort d'Harrison un intérêt d'autant
plus vif, que c'était sa fiancée qui avait
causé ses malheurs, n'avait pas dessein
de se borner à mettre le pauvre homme
en état de gagner un morceau de pain.
S'étant informé quelle était la maison
qui, connaissant les talens et l'intégrité
de M. Harrison lui avait offert quelques
mois auparavant un intérêt dans ses affaires, il en alla voir le chef le lendemain pour savoir si l'on serait encore à
temps d'exécuter ce projet.

Il apprit, comme il ne le craignait
que trop, que l'intérêt avait été donné
à un autre; mais il eut heureusement connaissance d'une autre affaire
beaucoup plus avantageuse : il s'agissait
aussi d'une portion d'intérêt à vendre
dans une association de commerce. Il se

résolut à l'acheter pour le compte de M. Harrison, en acceptant de celui-ci cinq pour cent de la somme qu'il lui avançait.

Il alla dîner le même jour chez M. Morley, et invita ensuite Clara et Eléonore à se rendre chez mistriss Harrison pour la conduire avec sa famille au nouveau logement qu'il lui avait arrêté la veille, et lui remettre une certaine somme à titre d'avance sur le salaire qu'il aurait à payer à M. Harrison pour l'affaire dont il l'avait chargé.

Nulle mission ne pouvait être plus agréable aux deux cousines, quoiqu'elle rappelât à Eléonore de fâcheux souvenirs. Pour Clara, on voyait briller dans ses yeux un plaisir sans mélange, et Davenant, en la regardant, ne put s'empêcher de penser encore que le pauvre lieutenant n'était que trop riche, et que trop digne d'envie.

Mistriss Harrison fut installée avec sa famille dans son nouvel appartement. Le bon air, et surtout la satisfaction qu'elle éprouva deux jours après en apprenant que le contrat d'atermoiement de son mari avait été signé par tous ses créanciers, sans exception, lui rendirent sa santé et produisirent en elle un tel changement, que lorsque M. Harrison, quinze jours après, fût rappelé à Londres par une lettre de Davenant, il ne put retenir ses larmes en la retrouvant si différente de ce qu'il l'avait laissée; grâce à son nouvel ami, il se voyait un des principaux associés d'une des premières maisons de commerce de la capitale, et il reprit le rang qu'il avait autrefois occupé dans la société.

On s'occupait des préparatifs du mariage de Davenant avec Eléonore, quand ses affaires obligèrent celui-ci de se rendre pour quelques jours dans son domaine du comté de Surrey. Quelques jours après son départ, il écrivit à Eléonore que son absence serait un peu plus longue qu'il ne l'aurait cru, qu'il était obliger d'aller voir, dans une autre partie du comté de Surrey, un ancien ami qu'il avait connu dans l'Inde ; et qui avait un procès d'où dépendait sa fortune et sa réputation.

Le lendemain, Eléonore apprit que quelqu'un voulait lui parler. Elle descendit ; un inconnu lui mit en main un papier dans lequel était enveloppé une guinée, lui annonçant que c'était de la part de M. Darby, procureur, et disparut avant qu'Eléonore, toute interdite, eût recouvré assez de présence d'esprit pour lui demander une explication. Elle ouvrit le papier, et vit une sommation qui lui était faite à la requête de sir Richard Mildred, de paraître comme témoin dans un procès en calomnie et diffamation intenté contre lui par Georges Bellamy.

Peu s'en fallut qu'elle ne s'évanouît en lisant cette terrible assignation. Clara et Morley, qui entrèrent en ce moment furent effrayés en voyant sa pâleur et son agitation. Clara en découvrit sur-le-champ la cause, quand elle eut jeté les yeux sur le fatal papier que lui remit

Éléonore, et celle-ci fut dans la pénible nécessité d'expliquer à son acteur la situation fâcheuse dans laquelle elle se trouvait entre sir Richard Mildred et Bellamy. Elle le conjura ensuite de chercher quelque expédient pour lui épargner la honte de paraître devant une cour de justice, où appelée en témoignage sous la foi du serment, elle serait forcée à démentir en présence de sir Richard tout ce qu'elle lui avait dit quelques mois auparavant, ce qui nuirait à la cause au lieu de la servir.

« Est-il bien possible, s'écria Morley, que vous ayez eu la faiblesse, et, j'ose le dire, la lâcheté de confirmer, par vos discours, les rapports calomnieux d'une femme méchante contre un homme innocent et irréprochable! vous mériteriez que je vous abandonnasse au mépris public qui doit vous accabler! »

M. Morley oubliait en ce moment qu'il n'était pas lui-même exempt de tout blâme à cet égard, et qu'il avait à se reprocher aussi quelque déviation de la vérité dans la manière dont il avait parlé de Clara à Davenant.

« Vous oubliez, monsieur, lui dit-elle d'une voix tremblante, que je n'avais nul dessein de nuire à M. Bellamy?

« Non sans doute, dit M. Morley d'un ton ironique, pas plus qu'à mistriss Harrison.

« De grace, monsieur, s'écria Clara, voyez ce qu'il est possible de faire dans cette circonstance pénible. »

En ce moment, on remit une lettre à M. Morley. Elle était de sir Richard Mildred. Il lui mandait qu'ayant appris que M. Bellamy était candidat pour la place de principal du collège de......... où il avait placé son fils après l'avoir retiré de chez lui, il avait cru devoir écrire aux administrateurs de cet établissement que M. Bellamy, quelque instruit et quelque habile qu'il fût, n'était pas un homme à qui l'on dût confier cette place; qu'il était violent et emporté, qu'il maltraitait ses élèves, qu'il avait

chargé de coups son fils Auguste Mildred, qui était revenu chez lui la joue
encore rouge et enflée, et les cheveux
arrachés : que M. Bellamy ayant eu
connaissance de cette lettre, et ayant
appris que cette accusation empêcherait
que la place qu'il sollicitait ne lui fût accordée, avait formé une plainte en calomnie contre sir Richard, et dirigé
contre lui une demande en dommages
et intérêts; qu'en conséquence sir Richard qui avait appris par miss Musgrave les mauvais traitemens faits en sa
présence au jeune Mildred, par M. Bellamy, avait été obligé de charger son
procureur de la faire assigner pour comparaître comme témoin aux assises de
Guildford, qui devaient avoir lieu le surlendemain.

« Cette nouvelle sera une surprise peu
agréable pour mon neveu, miss Musgrave, dit M. Morley.

« Faudra-t-il donc qu'il en soit instruit ?
s'écria Eléonore.

— « Comment le lui cacher, si vous

comparaissez devant une cour de justice? »

La conversation dura quelque temps
sur ce ton. Éléonore s'épuisant en lamen-
tations et en regrets inutiles, M. Morley l'accablant de reproches qui n'étaient
pas moins superflus, et Clara cherchant
à consoler sa cousine et à calmer son
tuteur. Enfin, il fut résolu que le lendemain M. Morley partirait avec ses deux
pupilles pour aller trouver à Guildford
sir Richard Mildred qui avait daté sa
lettre de cette ville, et voir s'il existait
quelque moyen d'arranger cette affaire
à l'amiable.

Mais au moment où l'on allait partir,
une autre lettre arrivant aussi de Guildford vint ajouter aux alarmes et aux
embarras d'Éléonore un surcroît de
nouvelles inquiétudes. Elle était de
M. Davenant qui lui mandait que l'ami
qu'il était allé joindre en cette ville,
était M. Bellamy. Après être entré dans
le détail du procès qu'il avait avec sir
Richard Mildred, il ajoutait que M. Bel-

7*

Iamy s'était souvenu qu'elle était avec lady Sophie le jour où cette dame avait retiré son fils de chez lui ; qu'elle devait savoir mieux que personne que l'accusation portée contre lui, était sans fondement, et qu'il espérait qu'elle voudrait bien lui rendre en cette occasion la justice qui lui était due. M. Davenant finissait par prier M. Morley de partir sur-le-champ pour Guildford avec Eléonore, afin de convaincre sir Richard de son erreur, et de l'engager à rétracter une inculpation funeste à la réputation et à la fortune de M. Bellamy.

On partit presque au même instant, et le voyage ne devint pas plus agréable pour Eléonore par les réflexions qui échappaient de temps en temps à son tuteur. « Cette affaire, disait-il, est plus fâcheuse que celle d'Harrison. — Elle aura de la publicité. — Jamais mon neveu ne pourra la digérer. »— « Eh bien ! pensait la fière Eléonore, qu'il rompe avec moi ; croit-il sa perte irréparable ?» Mais la honte dont elle était accablée ne lui permettait pas d'exprimer les sentimens qu'elle éprouvait.

En arrivant à Guildford, ils descendirent à la principale auberge de cette ville, et apprirent que sir Richard Mildred y logeait aussi. Ayant demandé à le voir, on leur dit qu'il était en ce moment en conférence avec M. Bellamy, leurs amis respectifs et leurs avocats qui s'occupaient de chercher des moyens pour concilier un différent qui existait entre eux.

« Nous ne pouvions arriver dans un meilleur moment, dit M. Morley : et il se rendit sur-le-champ avec ses pupilles à l'appartement de sir Richard. Éléonore qui prévoyait qu'elle allait y trouver Davenant, pouvait à peine se soutenir sur ses jambes, et Clara n'était guères moins tremblante qu'elle.

En arrivant dans l'antichambre, on leur dit que sir Richard ne pouvait recevoir personne en ce moment ; mais ayant insisté pour qu'on l'informât que M. Morley et miss Musgrave désiraient le

voir, ils entendirent M. Bellamy et sir
Richard s'écrier tous deux en même
temps dès que leurs noms furent pro-
noncés : « Quel bonheur! » — « Rien
n'est plus heureux! » Chacun d'eux étant
convaincu qu'il allait trouver dans Eléonore un témoin favorable à sa cause, et
cette circonstance augmenta encore le
trouble et les alarmes de miss Musgrave.

Dès que Davenant les vit entrer, il
s'avança vers eux ; et voyant la pâleur et
l'agitation d'Eléonore, il lui dit tendrement à demi-voix : « Que vous êtes
bonne d'être venue si promptement!
Mais pourquoi cette émotion? vous
n'êtes pas ici dans une cour de justice ;
vous êtes parmi des amis. » Et l'ayant
fait asseoir dans un fauteuil : « Je n'aurais pas cru, pensa-t-il, qu'elle fût douée
de tant de délicatesse et de timidité! »

Sir Richard la salua de l'air le plus
gracieux ; mais M. Bellamy s'avançant
vers elle, lui prit la main avec amitié :
« Mille remercîmens, ma chère miss
Musgrave, lui dit il; maintenant que vous

voilà arrivée, la vérité va s'éclaircir. »

« M. Lennox, dit sir Richard à son avocat, vous allez entendre ma justification complette. Cette jeune dame a vu, vu de ses propres yeux, tout ce dont j'ai accusé M. Bellamy, et son témoignage irrécusable va le confondre. »

« Son témoignage va me disculper, s'écria Bellamy. C'est à ma prière qu'elle s'est rendue ici. »

« Je lui ai fait faire une sommation de s'y rendre, cria sir Richard d'une voix de tonnerre. »

M. Bellamy regarda Eléonore d'un air de mépris et de défiance.

« Que signifie tout cela? demanda Davenant à miss Musgrave ?

« Ne vous ai-je pas fait prier de venir ici, lui demanda M. Bellamy?

« N'avez-vous pas reçu une assignation à ma requête pour y comparaître, dit sir Richard?

Eléonore, les yeux baissés, rougissant et pâlissant tour à tour, semblait moins un témoin qui va faire connaître

la vérité, qu'un coupable à qui l'on va
prononcer sa sentence.

« M. Lennox, dit sir Richard, ayez la
bonté d'adresser quelques questions à
miss Musgrave, afin de prouver sur le
champ à M. Bellamy que je ne l'ai point
accusé sur de simples soupçons. »

A ces mots, Davenant, par un mouvement involontaire, laissa aller la main
d'Eléonore, dont la confusion lui parut
alors plutôt l'effet de la honte que de la
modestie; inquiet, alarmé, il attendait
patiemment ce qu'elle allait dire.

Aux premières questions, qui furent
si elle se trouvait tel jour avec lady Sophie, si elle connaissait préalablement
M. Bellamy, etc., elle répondit toujours
affirmativement; mais quand on lui demanda si elle n'avait pas vu M. Bellamy
traîner Auguste Mildred par les cheveux,
elle répondit d'une voix ferme : « Non,
monsieur, je ne l'ai pas vu. »

« Vous ne l'avez pas vu, s'écria sir
Richard? » Rapelez votre mémoire,
madame, et ne me forcez pas à regret-

ter que nous ne soyons pas devant une cour de justice, où l'on vous interrogerait sur la foi du serment.

« Monsieur, dit Daveriant, songez que je ne souffrirai pas que miss Musgrave soit insultée. »

« Eh bien, madame, dit M. Lennox, si vous n'avez pas vu cela, qu'avez-vous donc vu? »

— « J'ai vu M. Bellamy tirer M. Mildred par le bras dans le milieu de la chambre. »

« Par les cheveux, s'écria sir Richard. »

— « Par le bras, répéta Eléonore. »

« Cela est vrai, dit M. Bellamy ; je le séparais d'un de ses camarades avec lequel il se battait, et dont il venait de mordre l'oreille d'une manière épouvantable. »

« Madame, dit sir Richard, vous m'avez fait un récit tout différent. »

— « Le récit vous a été fait par un autre : j'ai eu la faiblesse de le confirmer ; je l'avoue à ma honte. »

— « Ainsi vous n'avez vu M. Bellamy
ni frapper mon fils, ni lui arracher les
cheveux ? »

— « Non, monsieur, je l'en ai tou-
jour cru incapable.

— « Mais, madame, qui peut m'assurer que la vérité se trouve dans ce que
vous me dites aujourd'hui, plutôt que
dans ce que vous m'avez dit alors ? Quel
motif aviez-vous pour m'induire en erreur ? Vous savez que c'est par confiance en votre véracité que j'ai retiré
mon fils à un maître que j'avais estimé
jusqu'alors ; et ce qui augmentait cette
confiance, c'est que vous passiez pour
être amie de M. Bellamy. »

« Je l'étais effectivement, monsieur,
répondit Éléonore, incapable de retenir
ses larmes plus long-temps, et je ne
croyais pas possible que l'on pût jamais
me croire son ennemie. »

— « Qui vous engagea donc à vous
conduire comme vous le fîtes alors ? »

— « Lady Sophie me conjura en pleurant de confirmer par ma déclaration

ce qu'elle allait vous dire, en ajoutant que sans cela vous refuseriez de la croire. Or, comme j'avais entendu dire à M. Bellamy que ce serait lui rendre service que de le débarrasser d'un élève si indocile, je crus pouvoir, sans lui nuire, obliger lady Sophie, et je répondis oui, quoique ma conscience me commandât de dire non. »

« Vous voyez, dit tout bas M. Morley à Davenant, que ce n'est qu'un petit mensonge de complaisance. Il n'y avait pas la moindre envie de nuire. »

« De complaisance, répéta Davenant en soupirant! »

« Et ce que vous venez de dire, madame, continua sir Richard, êtes-vous prête à le confirmer sous la foi du serment? »

« Oui, monsieur, et je le désire vivement. »

« Eh bien, madame, je suis magistrat; j'ai le droit de le recevoir. »

Davenant et Morley fronçaient le sourcil, et s'apprêtaient à prendre la

parole, quand Clara s'avança vers sir
Richard : Monsieur, lui dit-elle, est-il
possible que vous ne reconnaissiez pas
dans l'aveu pénible que vient de vous
faire ma pauvre amie, tous les carac-
tères de la vérité et du repentir? N'est-il
pas évident que c'est par complaisance
pour la tendresse maternelle de lady
Sophie, qu'elle s'est permis un mensonge dont elle ne prévoyait pas les funestes conséquences? Voudriez-vous
l'humilier, l'insulter, en l'obligeant à
prêter un serment dont vous n'avez pas
besoin pour être convaincu? »

A ces mots, il s'éleva dans la salle un
murmure d'approbation. Eléonore versant des pleurs que faisait couler la reconnaissance, s'appuya sur l'épaule de
Clara, en se cachant le visage : sir Richard parut frappé de cette réprimande
sévère et touchante à-la-fois dans la
bouche d'une jeune beauté.

— « Vous avez raison, miss Delancy;
je n'insisterai pas davantage. Je fais grand
cas de votre opinion. J'aurais dû faire

plus d'attention à ce que vous m'avez
dit. «

— « Et que vous ai-je dit, monsieur? »

— « Lorsque je vous racontai cette
malheureuse affaire, dont votre coupable amie n'avait pas cru devoir vous
parler, quand lady Sophie s'écria « Pouvais-je me refuser à l'évidence de mes
yeux? » vous répondîtes qu'en pareille
occasion vous auriez peine à croire
le témoignage des vôtres ; vous fîtes
l'éloge de M. Bellamy, éloge que je suis
convaincu qu'il méritait. — Messieurs,
vous conviendrez tous qu'il ne me reste
qu'un parti à prendre, celui d'implorer
de M. Bellamy un généreux pardon. Je
lui offre d'aller voir personnellement,
l'un après l'autre, tous ceux qui doivent
concourir à la nomination à la place de
principal du collége de........., de les
assurer que personne n'en est plus digne que lui, de leur avouer que j'ai été
trompé par un faux rapport ; enfin, de
faire à M. Bellamy telle réparation publique qu'il pourra exiger. Je mérite

cette humiliation, pour avoir préféré à ma conviction intime l'assertion de deux femmes, c'est-à-dire, pardon, miss Delancy, je parle en général, de tout ce qu'il y a de plus fauxe t de plus menteur dans la nature. »

« Mon cher monsieur, dit M. Bellamy en lui tendant la main, tout ce que je désire de vous, c'est que vous me justifiiez dans l'esprit de ceux à qui la lettre que vous avez écrite a fait concevoir une fausse opinion de mon caractère. Cette impression effacée, je ne désespère pas encore de pouvoir obtenir leurs suffrages. Et maintenant oublions tout le passé, et ne nous jugeons pas trop sévèrement les uns les autres : nul n'est à l'abri de commettre des fautes; mais s'en repentir et les réparer est le partage du petit nombre. J'ose dire que l'aveu sincère que vient de faire notre jeune amie, a effacé de mon souvenir toutes les traces de l'offense qu'elle m'avait faite. »

Éléonore n'en entendit pas davantage. Sa honte et son humiliation étaient portées au plus haut degré tant par la sévérité de sir Richard, que par la bonté de M. Bellamy. Elle fut saisie d'une attaque de nerfs si violente, qu'on fût obligé de la transporter dans son appartement, où M. Morley et Clara la suivirent.

« Je ne vois pas, dit sir Richard quand ils se furent retirés, qu'elle ait beaucoup de mérite à nous avoir dit la vérité, quand elle ne pouvait persister dans le mensonge qu'en se rendant coupable d'un parjure. »

Malheureusement pour elle, Davenant pensait de même, et comment peindre ce qu'il éprouvait? Toutes les qualités séduisantes d'Eléonore, sa beauté, ses grâces, ses manières attrayantes étaient effacées à ses yeux par le mépris habituel qu'elle montrait pour la vérité. Pendant qu'il luttait ainsi avec lui-même, Davenant résolut de ne pas la revoir jusqu'à ce qu'il se fût rendu maître des impressions qu'il éprouvait. Dès qu'il sût qu'elle était mieux, il pré-

vint Bellamy qu'il allait retourner direc-
tement chez lui.

Un autre motif le décidait encore à
partir sur-le-champ. Il n'osait s'en fier
à son propre cœur, s'il se permettait
d'écouter les éloges dont on comblait
la générosité et le courage avec lequel
Clara avait défendu sa cousine : encore
moins osait-il écouter le panégyrique de
Clara dans la bouche d'un homme tel
que Bellamy, dont les louanges ne ta-
rissaient pas, dans un moment où son
ami se sentait indigné contre Eléonore.
Ainsi, malgré toutes les instances de
Bellamy, qui l'engageait à sceller par sa
présence au dîner qui se préparait, la
réconciliation entre sir Richard et lui,
il écrivit à la hâte à son oncle un billet
d'excuse, et quitta la ville sur-le-champ.

Eléonore s'attendait à ce coup, et n'en
fut pas fort affligée. Les attentions de
M. Morley et de Clara la ranimèrent ; et
ils retournèrent à Londres un peu moins
tristement qu'ils n'en étaient partis.

Cependant plusieurs jours se passèrent sans qu'on reçut aucune nouvelle de Davenant. Eléonore, sérieusement inquiète, formait tous les jours le projet de lui écrire, sans avoir jamais le courage de l'exécuter. Enfin, elle supplia Clara de le faire pour elle et d'intercéder en sa faveur auprès de lui. Clara s'y refusa d'abord : elle trouvait cette démarche trop humiliante pour sa cousine; mais celle-ci craignait que Davenant n'attribuât ses aveux à Guildford, à la crainte de lui déplaire, et à son amitié pour Bellamy, bien plus qu'à l'amour de la vérité. Clara trouvant les inquiétudes d'Eléonore trop bien fondées, consentit enfin à écrire à Davenant ce qu'on va lire.

A M. DAVENANT.

« Votre longue absence, mon cher monsieur, et le silence que vous gardez, sont une cruelle épreuve pour la sensibilité de ma cousine, dans un moment surtout où elle souffre encore des suites de la scène à laquelle elle s'est trouvée exposée, et dont j'ose dire qu'elle s'est tirée si honorablement.

« Je ne puis vous peindre le désespoir qu'elle éprouva lorsqu'elle reçut une assignation, lorsqu'elle se crut obligée de paraître devant une cour de justice pour y être interrogée sous la foi du serment, et de se voir dans la nécessité de démentir une déclaration qu'elle avait faite dans un moment de faiblesse et de funeste complaisance. Mais quand elle reçut votre lettre et qu'elle prévit que non-seulement vous connaîtriez son humiliation, mais que même vous en seriez vraisemblablement témoin, son affliction ne connut plus de bornes, et je crus qu'elle n'arriverait pas à Guildford en état de s'acquitter de la tâche pénible qui lui était imposée.

« Malheureuse Eléonore! elle trouve dans votre absence et dans votre silence la confirmation de ses craintes.

« Je n'ajoute plus qu'un mot. Si l'appréhension de vous déplaire influe à ce point sur ses sentimens et sur sa santé, que ne devez-vous pas attendre à l'avenir du désir qu'elle a devous plaire?

«Je suis sincèrement, mon cher monsieur, votre très-affectionnée,

« CLARA DELANCY. »

Clara, après avoir fini cette lettre, craignit d'en avoir dit trop ou trop peu; mais en jetant les yeux sur sa cousine, elle appréhenda de n'en avoir pas dit assez. Ayant montré sa lettre à son tuteur, il crut devoir y joindre le billet suivant :

A M. DAVENANT.

« Mon cher neveu,

« Si vous n'arivez, ou du moins si vous ne nous écrivez d'ici à deux jours, la pauvre Eléonore tombera en consomption. Elle ne boit, ni ne mange, ni ne dort, et on la prendrait pour un squelette. — Vous êtes trop sévère pour un petit mensonge de complaisance qu'elle n'a fait que pour obliger une amie, et sans intention de nuire à personne.

« Je suis votre oncle affectionné ,

« R. MORLEY. »

La lettre de Clara ramena Davenant à Londres. Le billet de son oncle n'aurait pas produit cet effet. Il y trouvait de l'exagération, et ne pouvait pas croire qu'Eléonore fût menacée d'une consomption pour avoir été quelque jours sans le voir et sans recevoir de ses nouvelles. Mais miss Delancy avait dit tout ce que l'on pouvait dire de mieux en faveur de sa cousine: elle le pressait de revenir; il était ainsi évident qu'elle désirait qu'il épousât Eléonore; il s'empressa donc de revenir. Qu'il connaissait peu la magnanimité de Clara.

Il arriva, et Eléonore employa tout son art pour le convaincre des souffrances que son absence et son silence lui avaient occasionnées. La vanité de Davenant fut satisfaite en voyant que sa présence semblait faire renaître en elle l'enjouement et la santé; il lui parla avec affection, et lui dit qu'il espérait que l'épreuve à laquelle elle venait d'être soumise serait pour elle une leçon salutaire.

« Oui, lui dit-elle, et surtout votre exemple. »

Charmé de cet extérieur d'humilité, Davenant résolut d'oublier le passé, pour ne songer qu'aux charmes d'Eléonore, et à sa tendresse.

On continua les préparatifs de mariage ; Eléonore semblait enchantée ; et cependant Clara vit un jour entre les mains d'un domestique une lettre de l'écriture de sa cousine, et dont l'adresse était au capitaine Lethbridge.

Il lui parut bien étrange qu'à la veille d'épouser M. Davenant, elle entretint une correspondance avec un homme qui avait annoncé des prétentions sur sa main, et qu'elle avait toujours parir distinguer parmi ceux qui lui faisaient la cour. Elle crut cependant ne pas devoir en parler à Eléonore.

Un soir qu'on avait loué une loge à l'Opéra, M. Morley eut une attaque de goutte, et déclara qu'il ne pourrait y aller. Eléonore se plaignit d'un mal de tête, et dit qu'elle resterait au logis pour chercher à distraire son tuteur; elle résista aux prières que lui fit Davenant; mais elle exigea que la partie ne fût pas dérangée, et qu'il accompagnât à l'opéra Clara, et une dame veuve, parente de M. Morley, qui servait de chaperon aux deux cousines, toutes les fois qu'elles paraissaient en public.

Ils y étaient à peine depuis une demi-heure, que quelqu'un frappa à la porte de leur loge. M. Davenant l'ouvrit, Clara se retourna, et reconnut le capitaine Lethbridge. Il avait l'air troublé, entra sans saluer personne, et s'approchant de Clara : « Où est miss Musgrave? lui dit-il à demi-voix.

— « Mon tuteur est indisposé; elle est restée pour lui tenir compagnie.

— « En vérité! — Excellent cœur! — Etês-vous bien sûre que ce soit la véritable cause qui l'a fait rester au logis?

— Quel autre motif pourrait-elle en avoir?

— « Que sais-je? — La crainte de me rencontrer ici.

— « Vous savez mieux que moi si elle a quelque raison d'en concevoir.

— « Je saurai bientôt la vérité.»

A ces mots il sortit de la loge et en ferma la porte d'un air d'humeur et avec grand bruit.

« Quel est cet homme malhonnête? demanda Davenant.

— « Un capitaine Lethbridge, un amant rebuté d'Eléonore.

— « Cette circonstance l'excuse jusqu'à un certain point ; mais sa conduite n'en est pas moins répréhensible. »

Clara désira quitter l'opéra avant la fin du ballet, afin de savoir plutôt des nouvelles de son tuteur. Elle se fit descendre à la porte, et pria Davenant de reconduire la dame qui était avec elle. Elle demanda en entrant des nouvelles de M. Morley : on lui dit qu'il souffrait moins et qu'il faisait une partie de piquet avec Eléonore.

« Eh bien, monsieur, dit-elle en entrant, j'apprends avec bien du plaisir que vous êtes mieux, et je n'en doute pas en vous voyant ainsi occupé. La compagnie d'Eléonore a sans doute contribué à vous distraire?

— « Oui, je me trouve mieux depuis qu'elle est descendue; mais il n'y a pas long-temps. Elle est restée toute la soirée dans son appartement avec sa marchande de modes. »

Clara jeta les yeux sur Eléonore, et la voyant rougir, elle ne douta pas qu'elle n'eût passé la soirée, non avec sa marchande de modes, mais avec le capitaine Lethbridge, qu'elle avait voulu éviter de voir, d'après ce qu'il lui avait dit lui-même, et qui probablement était venu, et avait trouvé moyen de se faire recevoir. Cette idée fit naître dans son esprit mille craintes vagues qu'elle ne pouvait définir : M. Morley l'engagea à faire la partie, et Eléonore, craignant les soupçons de Clara, se retira pour éviter les questions.

Le mardi suivant, on donnait un nouvel opéra dont on faisait d'avance beaucoup d'éloges. Eléonore montra le désir d'y aller, mais il fut impossible de se procurer une loge : toutes étaient déjà louées. Comme elle n'en persistait pas moins dans son projet ; on résolut d'aller au parterre, et les deux cousines, accompagnées de la parente de M. Morley, partirent avec M. Davenant et le colonel O'Byrne; on parvint à trouver d'assez bonnes places. Toutes se placèrent sur la même banquette. M. Davenant était près du passage, Eléonore ensuite, la dame qui les accompagnait, entre elle et Clara, et enfin le colonel O'Byrne, qui avait gagné les bonnes graces de miss Delancy par la reconnaissance qu'il montrait du service que Davenant avait rendu à son frère dans l'Inde, et dont il lui avait communiqué tous les détails.

Au commencement du second acte, Charles Fielding, la tête échauffée par le vin, comme on pouvait en juger par

les couleurs qui enluminaient sa figure,
se fit jour à travers une foule de jeunes
gens qui étaient debout dans le passage,
et prit une place vacante derrière Éléonore. Clara, entièrement occupée de la
musique, ne l'aperçut point, et ce ne
fut qu'au bout de quelques minutes
qu'il reconnut lui-même Eléonore.

« Comment vous portez-vous, miss
Musgrave? lui dit-il : y a-t-il long-temps
que vous n'avez valsé? — Mais j'oublie
que vous ne valsez jamais. Valser! ajouta-
t-il, en contrefaisant la voix d'Eléonore,
jamais je ne valse. Vous rêvez, M. Fielding! »

L'air alarmé de miss Musgrave attira
l'attention de M. Davenant; il se retourna,
reconnut Fielding, et voyant qu'il lui
parlait bas, il se rappela ce qu'elle lui
avait dit de ce jeune homme, et se disposa à le réprimer s'il venait à s'oublier,
malgré l'état d'ivresse dans lequel il était
évident qu'il se trouvait.

« Je déteste le mensonge, continua
Fielding, c'est un vice si bas! Et vous,

miss Musgrave, ne le détestez-vous pas?

« Autant que l'impertinence, répondit-elle. »

— « Et c'est à moi que vous osez dire cela? à moi le confident de vos petits mensonges? à moi à qui vous avez daigné confier les raisons qui vous obligeaient à mentir? Vous êtes charmante, miss Musgrave! mais vous m'offririez vos charmes et votre fortune, que je ne voudrais pas vous épouser; car quoique vous soyez belle comme un ange, vous êtes menteuse comme une femme-de-chambre. »

Davenant entendit ces derniers mots, et se penchant vers lui, il lui dit qu'il désirait lui parler en particulier dans le foyer.

« Volontiers, monsieur, dit Fielding en jetant sur lui un regard qui annonçait la compassion, et se levant à l'instant il se disposa à sortir.

Davenant se leva au même instant,

8*

et dit à Eléonore qu'il avait besoin de parler un moment à un de ses amis. Elle n'avait pas entendu ce qu'il avait dit à Fielding, et elle ne fut pas fâchée qu'il s'éloigna un instant de crainte qu'il n'entendît les propos de celui-ci. Mais quand elle le vit le rejoindre à la porte du parterre, le prendre par le bras, et sortir avec lui, la vérité se présenta tout-à-coup à ses yeux, et changeant de place avec sa voisine, elle conta brièvement à Clara ce qui venait de se passer. Clara ne fut pas moins alarmée que sa cousine, et pria le colonel O'Byrne de les suivre et d'empêcher qu'il n'arrivât quelque malheur. Elle ne songeait guères qu'il n'existait personne dont Davenant désirât davantage la présence en ce moment.

Davenant en arrivant dans le foyer, dit à Fielding : « vous ne pouvez ignorer, monsieur, les termes où je me trouve avec miss Musgrave ; vous devez en conséquence m'accorder le droit de vous inviter à vous abstenir désormais à son égard de toute allusion insultante et calomnieuse. »

— « Calomnieuse, monsieur ! »

— « Oui, monsieur, calomnieuse. Je sais que vous ne pouvez pardonner à miss Musgrave de n'avoir pas voulu valser avec vous, parce que vous vous êtes imaginé que ce refus vous était personnel; mais la vérité est qu'elle ne vous avait refusé que parce qu'elle ne valse jamais.

— « En êtes-vous bien sûr, monsieur? »

— « Très-sûr, monsieur. Elle me l'a assuré. »

— « Elle vous assurerait sans doute aussi qu'elle n'est pas venue dans la même soirée m'expliquer le motif qui lui avait fait faire ce mensonge, c'est pourtant ce qu'elle a fait, et c'est moi, Charles Fielding, qui vous l'assure. »

« Cela est faux, monsieur ! s'écria Davenant poussé à bout; elle n'a pu agir ainsi, vous ne le dites que pour vous venger de son refus, et vous m'en rendrez raison. »

— « Faux ! vous m'accusez de mensonge, et de mensonge dans un vil désir de vengeance ! monsieur ; c'est à moi maintenant à vous demander satisfaction. »

— « Vous l'obtiendrez, monsieur, quoique celui qui insulte une femme soit, je ne crains pas de le dire, peu digne de se mesurer avec un homme d'honneur. »

— « M. Davenant, c'est parce que je suis sans fortune que vous me parlez sur ce ton ; mais demain toutes vos richesses ne vous serviront de rien. »

— « Il est vrai. Mais je nie la vérité de cette accusation. »

— « Eh bien, monsieur, nommez le lieu et l'heure. »

— « Demain, à six heures du matin, dans Hyde Park, près de la Serpentine. »

— « Soit. »

Le colonel O'Byrne qui les cherchait les rejoignit en ce moment.

— « Colonel, s'écria Davenant, vous arrivez très-à-propos. »

— « Je suis dépêché pas nos jeunes
dames que j'ai laissées dans les alarmes. »

— « Je suis fâché qu'elles aient conçu
quelque soupçon. »

Davenant fit alors part en peu de mots
au colonel O'Byrne de ce qui venait de
se passer, et le pria de lui servir de second. Celui-ci convaincu qu'en pareil
cas un duel était inévitable entre gens
d'honneur, y consentit sans balancer.
Fielding ayant aperçu un de ses amis,
obtint de lui la promesse du même service.

« Maintenant, dit O'Byrne, il faut
tâcher de tranquilliser nos dames. »

« Rien n'est plus facile, répondit Fielding ; il ne s'agit que de rentrer, M. Davenant et moi, nous tenant par le bras,
et d'un air de bonne intelligence. »

« Et vous, O'Byrne, ajouta Davenant, hâtez-vous de les rejoindre, et
dites-leur que nous revenons les meilleurs amis du monde. »

Ce projet s'exécuta. Clara et Eléonore
les voyant rentrer causant familière-

ment ensemble, ne conçurent pas le moindre soupçon. Quelques instans après Fielding alla se placer d'un autre côté du parterre. Davenant monta dans une loge comme pour parler à une dame, et y resta jusqu'à ce que le spectacle fût près de finir. O'Byrne prétextant une affaire, se retira au milieu du ballet; le tout pour éviter d'avoir à répondre aux questions qu'on aurait pu leur faire.

Le spectacle finit sans qu'O'Byrne et Davenant reparussent, au grand mécontentement des dames qui auraient voulu gagner leur voiture avant la sortie de la grande foule, parce qu'elles savaient qu'alors il faudrait peut-être attendre jusqu'à deux heures du matin avant de pouvoir sortir. C'est ce que voulait Davenant, qui cherchait un prétexte pour éviter de monter dans leur voiture. Dès qu'il vit tous les corridors bien remplis de monde, il rentra dans le parterre, fit des excuses d'arriver si tard, dit que la foule l'avait empêché de passer, et les conduisit par les corridors jusqu'au foyer extérieur, où ils furent retenus plus d'une heure.

Ce manque d'attention si extraordinaire dans Davenant leur avait déjà donné quelques soupçons, qui augmentèrent encore quand, leur voiture étant enfin arrivée, Davenant, après les avoir aidées à y monter, se retira en les priant de l'excuser s'il ne les accompagnait pas, prétextant un grand mal de tête, et l'heure avancée. Elles rentrèrent donc chez elles plongées dans une inquiétude inexprimable, après avoir reconduit la dame qui les accompagnait.

Clara en traversant la foule avait pourtant trouvé occasion de demander à Davenant ce qu'il pouvait avoir à dire à Fielding.

« J'ai toujours éprouvé de l'intérêt pour lui, répondit-il, depuis le jour où je l'entendis chanter avec tant d'expression une chanson qu'il paraît que vous lui aviez inspirée. »

« Vous en éprouveriez bien davantage et à bien meilleur titre, dit Clara en rougissant, si vous saviez que quoiqu'il ait de bien modiques ressources, il est le seul soutien d'une sœur veuve et de ses quatre enfans. »

« En vérité! Pauvre estimable jeune homme! s'écria Davenant en tressaillant. » Sa conduite pendant la soirée avait éveillé les soupçons de Clara. Cette dernière circonstance porta son inquiétude au plus haut point, ou plutôt la changea en une cruelle certitude.

Les deux cousines rentrèrent chez elles tourmentées de craintes de toute espèce ; mais que pouvaient-elles faire? M. Morley, qui avait eu un redoublement de goutte, était couché, et le médecin avait ordonné qu'on le laissât dans le plus grand repos. Pendant qu'elles se consultaient sur le parti qu'elles devaient prendre, un domestique apporta une lettre pour Eléonore, avec prière instante qu'on la lui remît sur le champ, quand même elle serait au lit. Elle lui était écrite par une dame de ses amies, et contenait ce qui suit :

A MISS E. MUSGRAVE.

Je vous écris à la hâte, ma chère Eléonore, mais il faut que je vous écrive. Le major (c'était son mari qu'elle désignait ainsi) qui, comme vous le savez, n'est pas encore personnellement connu de M. Davenant, a entendu ce soir au foyer de l'Opéra une vive altercation entre lui et Charles Fielding. (Ici elle rapportait la conversation dont nous avons déjà rendu compte.) Le major n'avait aucun droit pour intervenir dans cette affaire ; cependant, comme il connaît un peu Fielding, il se proposait de le voir à la sortie du spectacle. Mais comme il allait l'aborder, il le vit prendre par le bras celui qui doit lui servir de second, et il l'entendit lui dire d'un air de gaieté : « Allons, Frank, ce n'est plus la peine de rentrer chez nous ; allons souper dans quelque café, et nous attendrons le verre à la main l'heure du rendez-vous. » A ces mots, ils passèrent entre deux voitures, et se perdirent dans la foule. J'ai cru devoir vous donner ces détails, parce qu'en faisant agir votre oncle, ou en agissant vous-même auprès de M. Davenant, il est peut-être encore temps de prévenir un malheur. »

« Adieu, ma chère Éléonore, je suis votre sincère amie.

ÉLIZA NORTON.

Cette lettre ne laissa pas le moindre doute aux deux cousines, et fit disparaître le seul espoir qui restât à Clara; c'était que Fielding ayant recouvré son jugement et son sang-froid le lendemain matin, reconnaîtrait le tort qu'il avait eu, et l'avouerait franchement à Davenant. Tandis qu'Éléonore se promenait à grands pas dans la chambre en se tordant les bras, et en poussant des gémissemens convulsifs, Clara était assise près d'une table la tête appuyée sur sa main, et cherchait un moyen de prévenir ce malheureux duel. Il s'en présenta un à son esprit. « De grâce, Éléonore, dit-elle à sa cousine, asseyez-vous, et écoutez - moi patiemment. — Vous voyez, d'après cette lettre, que Fielding va passer la nuit à boire, que sa tête sera encore plus échauffée quand il ira au rendez-vous, et qu'il n'y a nulle apparence qu'il y porte des idées de conciliation. Je crois pourtant qu'il existe encore un moyen d'empêcher ce duel.

— « Un moyen ! quel est-il ? — Au reste je trouve quelque consolation à penser que Fielding aura la main moins sûre que Davenant. »

— « Mais Davenant peut le tuer ! trouvez-vous quelque consolation dans cette idée ? Pauvre Charles ! et la malheureuse Hélène et ses quatre enfans, que deviendraient-ils, ajouta-t-elle en fondant en larmes. Est-il possible que vous considériez avec un tel sang froid la possibilité de la mort de Fielding, même en supposant que Davenant ne coure aucun danger ? »

« Clara, dit Eléonore, est-il possible que vous aimiez, Charles ? »

— « L'aimer? non sans doute. Mais
croyez-vous que l'humanité seule ne
puisse inspirer des sentimens désinté-
ressés?—Oui, Eléonore, il existe un
moyen d'empêcher tout accident, et ce
moyen dépend de vous seule. »

« De moi! s'écria Eléonore en pâlissant.

— « De vous. Ayez le courage de dire
la vérité à l'homme généreux qui va risquer sa vie pour défendre votre véracité;
avouez-lui que vous avez fait le mensonge dont Fielding vous accuse; convenez que vous avez valsé avec le pauvre
Charles, et Davenant bien loin d'exiger
de lui des excuses, n'hésitera pas à lui
en faire lui-même. »

— « Je n'en ferai rien. — D'ailleurs
comment lui faire tenir ma lettre à
temps? »

— « Rien n'est plus facile. Vous connaissez l'exactitude de mon domestique.
Il ira se mettre en faction à la porte de
Davenant, et la lui remettra quand il
sortira de chez lui. »

— « Mais je ne puis me résoudre à lui faire cet aveu. »

— « Non! quand il s'agit de sauver la vie de Fielding, peut-être celle de votre amant? Eléonore, je vous ai toujours connu un bon cœur. Pensez au déchirement que vous éprouveriez si vous appreniez que l'un des deux a péri sous les coups de l'autre! en supposant même que ce soit Charles qui succombe, comment supporterez-vous le désespoir d'Hélène, et de ses enfans qui vous redemanderont leur unique ami, dont vous les aurez privés! »

— « Je puis leur en servir moi-même. »

— « Et en serez-vous plus à l'abri du remords? Mais si c'est Davenant qui est victime de cette querelle, existera-t-il pour vous un seul instant de paix dans tout le cours de votre vie? » Le souvenir de sa mort causé par son aveugle confiance dans la noblesse de vos sentimens, confiance qui lui a fait repousser l'idée du mensonge dégradant dont on vous

accusait , ce souvenir ne sera-t-il pas
déchirant pour vous?...

Clara ne put continuer. L'idée de la
mort de Davenant lui était insupportable,
et elle se couvrit le visage de ses mains ;
Clara, entraînée par sa sensibilité, avait
eu un tort. Le mot *dégradant* dont elle
s'était servie, était offensant pour Eléonore. Ses autres mensonges étaient
excusables en comparaison de celui-ci, et
elle le sentait , car un égoïsme craintif
le lui avait seul dicté. Elle avait eu peur
de déchoir dans l'opinion de Davenant.
Elle était visiblement irritée en écou-
tant sa cousine, et elle gardait un morne
silence.

Eh bien ! lui dit Clara, les momens
sont précieux ; que décidez-vous?

Cette lettre me perdrait dans
l'esprit de Davenant. Je ne suis pas prête
à me sacrifier ainsi moi-même. »

C'est bien plutôt à vous relever vous-
même qu'il faudrait dire, reprit Clara.
Elle se tut pour attendre une réponse,
mais ce fut en vain.

« Eh bien, miss Musgrave, s'écria-t-
elle, si vous refusez d'écrire, je le ferai
moi-même. Je ne souffrirai pas qu'une
faiblesse d'amour-propre mette en danger la vie de deux hommes estimables.
Je dirai toute la vérité à M. Davenant,
et quand je lui manderai que je vous ai
vu valser, valser avec Fielding, et que
par conséquent celui-ci ne vous a pas ac-
cusée injustement, je suis certaine qu'il
me croira; vous n'en pouvez douter
vous-même. »

— « Vous n'oseriez le faire! s'écria
Eléonore, ou si vous le faites, miss Delancy; je connais vos motifs. Ils ne
viennent pas d'un sentiment d'humanité
désintéressée, mais du désir de rompre
mon mariage avec M. Davenant. »

— « Quand j'ai intercédé récem-
ment pour vous auprès de lui, ai-je fait
preuve d'inclination à une pareille bassesse? Est-ce ma lettre à M. Davenant
dans le comté de Surrey, qui vous auto-
rise à m'accuser? Fille ingrate! Peu m'importe au surplus le motif que vous don-

nerez à ma conduite ; je connais mon devoir, et je le remplirai. »

En parlant ainsi, elle prépara tout ce qu'il fallait pour écrire. Eléonore l'y vit décidée ; elle sentit qu'il valait mieux faire de nécessité vertu. Arrachant donc la plume des mains de Clara, elle écrivit ce qui suit :

A M. DAVENANT.

« Ne risquez pas une vie aussi précieuse que la vôtre, et je vous en supplie, ne levez pas la main contre le pauvre Fielding, pour le punir d'un tort envers moi : il n'a dit que la vérité. Il est vrai que j'ai quelquefois valsé, et que j'ai valsé avec lui. J'avais vu que vous n'approuviez pas cette danse, et la crainte de perdre quelque chose dans votre estime qui, dès cette époque, m'était déjà aussi précieuse que l'existence, m'a déterminée, dans le premier moment de trouble et d'embarras, à le nier en votre présence.

« Tout humiliant qu'est cet aveu, je

n'hésite pas à le faire ; mais je vous en conjure, que je ne me sois pas humilié en vain !

« Ah ! regardez ma faute avec des yeux de compassion, et pardonnez-la à mon repentir.

« ELÉONORE MUSGRAVE. »

Clara remit cette lettre à son domestique, fidèle serviteur qui avait vieilli au service de sa mère, et sur l'exactitude duquel elle pouvait compter : il était alors trois heures du matin ; il partit sur-le-champ pour se rendre près de la porte de M. Davenant et attendre qu'il sortît de chez lui. Ni Clara, ni Eléonore ne purent se résoudre à se coucher, et elles restèrent en proie à l'inquiétude jusqu'au retour de leur messager.

Davenant de son côté passa la nuit presque entière sans fermer l'œil. Il avait fait son testament et réglé toutes ses affaires depuis long-temps. Ce n'était donc pas ce soin qui occupait son esprit. Mais

H.

9

il était accablé de l'idée qu'il allait agir
contre ses principes, en attaquant les
jours d'un de ses semblables; et quand
il songeait que si Fielding succombait,
sa sœur et ses quatre enfans, seraient
privés de leur seul protecteur, il frémissait comme s'il allait commettre
quelque grand crime. «Et n'en est-ce pas
un impardonnable? se demandait-il à
lui-même. Ai-je oublié ces mots sacrés:
TU NE TUERAS POINT! N'est-ce pas un
devoir pour moi, de leur obéir? »

Le résultat de ces réflexions fut la détermination de ne pas se battre. Il résolut pourtant d'aller au rendez-vous, et
de mettre tout en œuvre, pour arranger cette malheureuse affaire. «Après
tout, pensa-t-il enfin, si Fielding avait
dit la vérité? Quoique échauffé par le
vin, il avait un ton d'assurance......»
Cette pensée était bien pénible, mais il
était assez naturel qu'elle se présentât à
son esprit, d'après les preuves qu'il avait
déjà eues du peu d'égard qu'Éléonore
avait pour la vérité. Il n'en fut que plus

ferme dans sa résolution de ne pas attaquer la vie de son adversaire, et pour
ne pas s'exposer à la tentation d'y manquer, il se décida à ne point emporter
de pistolets. Après avoir pris son parti,
il se jeta sur son lit, tout habillé, et il
put dormir quelques instans.

A cinq heures du matin, le colonel
O'Byrne frappa à sa porte, et Davenant
descendit la lui ouvrir lui-même. Il fit
part à son ami des réflexions qui l'avaient
occupé toute la nuit, et de la détermination qu'il avait prise. Le colonel, quoique d'une bravoure à toute épreuve, ne
le blâma point du désir qu'il avait d'arranger cette affaire à l'amiable, mais il
le désapprouva de ne pas vouloir prendre
ses pistolets. « Au surplus, ajouta-t-il,
peu importe, les miens sont en état, si
vous en avez besoin. »

Ils partirent à cinq heures et demie,
pour se rendre à Hyde-Park. Comme
ils entraient dans la rue, le domestique
de Clara présenta la lettre d'Éléonore.
« Je n'ai pas le temps de lire des lettres

en ce moment, dit Davenant, et l'heure n'est guères convenable pour m'en re-remettre une, Benson!

— « Cela est vrai; cependant, il faut que vous ayéz la bonté de lire celle-ci, monsieur, dit le domestique.

— « Il faut !

— « Pardon, monsieur, mais j'ai promis à ma chère maîtresse, miss Delancy, que j'ai laissée plus morte que vive, de ne pas vous quitter que vous ne l'ayez lue.

— « Miss Delancy! je la lirai, puisqu'elle le désire. »

Il ouvrit la lettre, et quoiqu'il eût déjà conçu quelque soupçon que Fielding pouvait bien avoir dit la vérité, il n'en put acquérir la certitude sans une vive douleur, et frémit en songeant aux suites qu'était sur le point d'avoir la duplicité d'Eléonore. Mais retrouvant bientôt sa présence d'esprit, il prit le bras du colonel, en lui disant : « Nous arriverons trop tard! » et se tournant alors vers le domestique : « Dites à miss De-

lancy qu'elle soit sans inquiétude, lui
dit-il, que je connais mon devoir, et
que tout danger est maintenant passé.

« Avez-vous quelque chose à faire dire
à miss Musgrave, monsieur?

— « Rien. »

Le domestique s'en alla, et Davenant
avec le colonel se rendit dans Hyde-Park.

Fielding et son second étaient déjà
au rendez-vous, et Davenant vit avec
émotion l'air de consternation qui régnait sur le visage de son adversaire,
malgré la fermeté qu'il affectait.

« Vous venez tard, monsieur, dit
Fielding; mais avant de songer à l'affaire
qui nous amène ici, permettez-moi de
vous prier, M. Davenant, si je viens à
succomber, de prendre cette lettre,
et de la remettre à miss Delancy;
elle lui apprendra un secret dont elle se
doute peut-être, et qu'il me sera permis
alors de lui révéler. Je lui recommande
aussi des êtres infortunés que ma mort
laissera sans ressource, et je connais assez la bonté de son cœur pour y comp-

ter. — Maintenant, monsieur, je suis
prêt.

« Mais moi, je ne le suis pas, dit Davenant d'une voix émue, et se sentant
attiré par un intérêt irrésistible vers l'a-
mant discret de Clara, il prit alors Fielding à part, afin de ne pas faire connaître aux témoins la conduite d'Eléonore. Ils eurent ensemble une explication dont tous deux se trouvèrent satis-
faits, et Davenant, pour rendre justice
à miss Musgrave et prouver qu'elle avait
fait tout ce qui lui était possible pour
empêcher leur querelle d'avoir des
suites funestes, lui montra la lettre
qu'il en avait reçue.

« C'est Clara qui la lui a fait écrire,
pensa Fielding; mais il garda cette idée
dans son cœur, et remit la lettre à Davenant, sans prononcer un seul mot.

« Je crois que nous avons tous passé
la nuit sans dormir, dit Davenant; ce
que nous avons de mieux à faire en ce
moment, est donc de gagner notre lit. »
En parlant ainsi, il prit le bras de Fiel-

ding, les deux seconds les suivirent, et
ils sortirent du parc ensemble par la
porte de Piccadilly.

Là l'ami de Fielding les quitta: Davenant n'aurait pas été fâché que le colonel O'Byrne en eût fait autant, afin
de rester seul avec ce jeune homme auquel il commençait à prendre un vif intérêt; mais le colonel en éprouvait autant lui-même, et vint prendre le bras
gauche de Davenant. Il soupçonnait
Fielding d'être, comme lui, un amant
secret de Clara, et désirait le connaître
plus particulièrement. Ce n'était pas
qu'il crût les espérances de Fielding
mieux fondées que les siennes. Il savait
que le cœur de Clara serait inaccessible
tant que Davenant ne serait pas marié.
La jalousie l'avait rendu clairvoyant; il
avait découvert ce dont Davenant ne s'é-
tait pas aperçu, la préférence que miss
Delancy lui accordait sur tout autre. Il
était sûr que jusqu'au mariage de Davenant, jusqu'au moment où les principes
de Clara lui feraient un crime de son

penchant, son cœur serait fermé à tout
autre. O'Byrne avait vu aussi que Davenant n'était pas véritablement épris d'E-
léonore, qu'il avait beaucoup d'estime
et d'affection pour Clara ; et, trop discret pour faire à ce sujet des questions
qui auraient pu paraître intéressées, il
concevait d'autant moins la situation où
se trouvaient ces trois personnes, que Davenant, malgré toute sa délicatesse, et
le soin qu'il avait pris de ménager Eléonore, en lui expliquant les motifs du
duel qui devait avoir lieu, n'avait pu lui
cacher tout-à-fait qu'elle en avait été la
cause par son inconséquence.

« Qu'elle y prenne garde, pensait le
colonel, où elle ne sera jamais mistriss
Davenant. »

Lorsqu'ils furent au bout de Piccadilly :
« Je crains, messieurs, dit Fielding, de
vous avoir détournés de votre chemin ;
mais je vais prendre congé de vous ici,
car je vais dans Parlement-Street.

« J'avais dessein de vous accompagner
jusques chez vous, répondit Davenant,

La matinée est superbe, et je crois que la promenade me sera plus utile que le lit.

« J'en dis autant, ajouta O'Byrne, et je vous déclare d'ailleurs, M. Fielding, que j'ai le plus grand désir de me lier plus intimement avec vous. »

Il vint à l'idée de Davenant que Fielding, logé sans doute très-modestement, ne se souciait pas qu'ils l'accompagnassent jusques chez lui; mais ne sachant comment revenir sur ce qu'il avait dit, il continua de le suivre, et le colonel en fit autant. En entrant dans Parlement-Street, Fielding leur montra une petite cour au fond de laquelle il leur dit qu'il demeurait, et leur proposa, comme il ne pouvait guères s'en dispenser, de s'y reposer un instant.

Cette demeure paraissait avoir été choisie autant par économie, qu'à raison de sa proximité d'un bureau dans lequel Fielding avait accepté une place, à l'instant où sa sœur et ses enfans s'étaient trouvés dépourvus de toutes res-

9*

sources ; cette charge qu'il s'était imposée volontairement le mettait dans l'im-
possibilité de faire les dépenses nécessaires pour continuer ses études en droit.

Mistriss O'Donovan, sœur de Fielding, était veuve d'un officier irlandais
qui était mort au service, en lui laissant
quatre enfans, et elle n'avait pour tout
bien qu'une faible pension que le gouvernement lui avait accordée. Mais elle
avait trouvé un ami dans son frère, et
il avait été un second père pour ses enfans. Ce bon frère qui avait toujours eu
toute l'affection de sa sœur, possédait
donc en outre toute sa reconnaissance,
et ses quatre enfans, dont l'aînée était
une charmante fille de dix-sept ans, ché-
rissaient leur oncle comme un père.

On ne doit donc pas être surpris que
toute cette famille, ayant vu la nuit se
passer, sans que Fielding fût rentré, ce
qui jamais ne lui arrivait, fût plongé
dans la plus grande consternation. Personne ne s'était couché. Ils étaient res-
tés à s'entretenir de leurs craintes, à

tâcher réciproquement de les calmer, et dès que le jour avait paru, ils allaient tour-à-tour à chaque instant à la porte de la rue, pour voir si on l'apercevrait.

Dès qu'il entra dans la chambre, sa sœur, sans faire attention aux étrangers qui l'accompagnaient, courut se jeter dans ses bras, la joie qu'elle éprouvait de le revoir, lui ôtant la faculté de s'exprimer, et Marie essuyant ses beaux yeux, et s'appuyant sur le bras de son oncle, lui dit, avec un accent irlandais assez prononcé, et d'une voix entrecoupée de larmes. « Est-ce bien vous, mon bon oncle, qui plongez ainsi dans l'inquiétude votre sœur et votre pauvre nièce? Avez-vous pu nous affliger ainsi? Croyez-vous que je puisse vous pardonner? »

« Et cette aimable fille est ma compatriote! » dit tout bas le colonel à Davenant qui n'avait pas vu cette scène sans émotion. Mais ce n'étaient pas les charmes de Marie O'Donovan qui l'occupaient en ce moment. L'idée qu'il avait été sur le point de menacer les jours de ce bon frère, de cet oncle chéri, l'occupait tout entier, et il ne songeait qu'aux moyen de pouvoir rendre quelque service à cette famille intéressante.

Cependant les réflexions de Davenant, et les regards passionnés qu'O'Byrne fixait sur miss Marie, firent bientôt place à une sensation plus pénible. Fielding fatigué par suite de l'excès qu'il avait fait la veille, des inquiétudes qu'il avait éprouvées, et de l'émotion que lui avait occasionnée celle de sa sœur et de sa nièce, perdit tout-à-coup connaissance, et serait tombé à terre, si Davenant et O'Byrne ne l'eussent soutenu et ne l'eussent placé sur un canapé. Des alarmes plus vives que jamais s'emparèrent de toute la famille; chacun s'empressa de lui prodiguer des soins et des secours : mais il reprit ses sens au bout de quelques instans, et mit fin à toute inquiétude.

« Le voilà mieux ! s'écria O'Byrne : tranquillisez-vous, mes bons amis. Nous vous le ramenons, vivant, bien portant,

et il pourra vous raconter son histoire
à loisir. »

« Il y a donc quelque chose à raconter ! s'écria mistriss O'Donovan.

Davenant regretta que le colonel eût
sans nécessité renouvelé des inquiétudes
qui maintenant n'avaient plus d'objet;
mais O'Byrne s'aperçut de son indiscrétion, et s'empressa de la réparer.

« Oui sans doute ! s'écria-t-il, quelque
chose de fort agréable, j'espère, puisque
cette nuit a formé le premier nœud d'une
amitié véritable entre M. Fielding et
nous. Et je me flatte qu'il me sera permis
de venir, dans un moment plus convenable, vous assurer de tout le prix que
j'y attache. »

« Je demande la même grâce, dit
Davenant, en serrant la main de Fielding;
mais en ce moment, il ne nous reste
qu'à nous retirer, en priant ces dames
d'excuser notre visite inattendue. »

« Adieu, mon cher M. Fielding, dit
O'Byrne en lui prenant la main, à son
tour; mais si vous faites encore verser

des armes à de si beaux yeux, c'est à
moi que vous aurez affaire, et nous brû-
lerons une amorce ensemble. »

Il salua respectueusement les dames,
se retourna plusieurs fois pour jeter les
yeux sur Marie, et rejoignit Davenant
qui l'avait précédé.

Ils marchèrent quelque-temps en silence, occupés chacun de réflexions
d'un genre tout différent. Celles de Davenant furent interrompues par une
exclamation que laissa échapper le colonel à voix haute.

« Mais, non, dit-il, elle est trop
jeune! »

« Qui est trop jeune, dit Davenant
en le regardant fixement? »

— « Trop jeune! — Ai-je dit trop
jeune? — Je ne sais! — Personne. C'est
une sotte habitude que j'ai contractée
de causer ainsi avec moi-même. »

« Elle est vraiment d'une beauté peu
commune, dit Davenant en souriant. »

— « Elle! — Qui? — Ah! je vois que
vous m'avez deviné. Mais convenez

qu'elle ressemble beaucoup à miss Delancy. »

Quoique Davenant ne fût pas en ce
moment en disposition de se livrer à la
gaieté, il ne put résister à l'envie de rire
que lui donna l'effort que faisait le colonel pour excuser à ses yeux son inconstance, en prêtant à Marie O'Donovan une ressemblance imaginaire avec
Clara. S'efforçant de reprendre un air
de gravité : « Vous avez raison O'Byrne,
lui dit-il, elle lui ressemble beaucoup ;
autant qu'une jeune fille aux cheveux
bruns, aux yeux noirs, peut ressembler
à une femme formée, aux yeux bleus et
aux cheveux blonds. »

—« Tout cela n'empêche pas qu'il n'y
ait beaucoup de ressemblance, répondit
O'Byrne déconcerté. Je ne tarderai pas
à la revoir ainsi que sa mère qui est fort
bien aussi. »

Davenant ne pouvant se résoudre à
revoir Éléonore en ce moment, pria
alors le colonel de passer chez son oncle
en retournant chez lui, afin de calmer

les inquiétudes qu'on pourrait encore y conserver.

O'Byrne s'acquitta de cette commission. Clara et Eléonore ne s'étaient pas couchées, et quoique plus tranquilles depuis le retour du domestique, elles n'étaient pas encore sans alarmes. Le colonel rétablit la paix dans leur esprit, en leur contant la manière dont l'affaire s'était terminée, et le récit qu'il leur fit de la scène dont il avait été témoin chez Charles Fielding, leur fit verser des larmes.

« Cette chère Hélène O'Donavan! dit Clara quand O'Byrne se fut retiré ; j'irai bien certainement la voir ce matin. »

Eléonore en aurait volontiers dit autant; mais elle sentait que la honte l'empêcherait de s'y présenter.

Les deux cousines étaient très-fatiguées. Elles se retirèrent dans leur chambre pour tâcher de goûter un peu de repos ; mais tandis que Clara dormait d'un sommeil doux et paisible, Eléonore se trouvait comme sur un lit d'épi-

nes, et il lui fut impossible de fermer
l'œil.

Davenant rentré chez lui, était en
proie au trouble et à l'agitation. « Est-il
possible, pensait-il, que je me décide à
épouser une femme sur la parole de
qui je ne pourrai jamais compter ? »

Cette idée était trop pénible pour qu'il
ne cherchât pas à l'écarter en s'occupant
d'un objet plus agréable, celui de former un plan pour améliorer la situation de Fielding. Ayant fixé ses idées à
ce sujet, il lui écrivit pour l'engager à
dîner avec lui le lendemain dans un café
qu'il lui indiqua, et satisfait du projet
qu'il avait formé, il se coucha et dormit
de ce sommeil paisible qui est le partage de l'homme dont la conscience est
irréprochable.

Il était tard quand il se leva. Il s'ha-
billa à la hâte, et se rendit à l'heure du
dîner chez son oncle, un peu à contre-
cœur ; car il craignait sa première entrevue avec Éléonore ; mais quand il
arriva, il apprit qu'elle était trop malade

pour se lever. Cependant son inquiétude diminua quand Clara l'assura que
sa cousine ne souffrait que du trouble
de son cœur, de la crainte de le revoir,
et peut-être, ajouta-t-elle en souriant à
demi, de vous revoir trop changé.

« Et n'a-t-elle pas bien mérité ce
changement? dit Davenant prévenu par
Clara qu'Eléonore désirait vivement
qu'on ne parlât point à M. Morley des
événemens de la nuit précédente; vous
voyez qu'encore en ce moment elle a
recours à la dissimulation; mais son
dernier mensonge, vous l'avouerez, est
le plus inexcusable de tous. »

« Elle le sent elle-même, dit Clara, et
je puis vous assurer que si quelque chose
peut l'empêcher de retomber dans pareille faute, ce sont les inquiétudes, les
terreurs et les angoisses qu'elle a éprouvées la nuit dernière.

« Si quelque chose peut l'en empêcher! s'écria Davenant. Ah! miss Delancy, votre candeur ne peut s'exprimer
ici qu'à l'aide d'un *si!* N'importe, je vois

qu'il faut que je supporte les chaînes
que je me suis forgées. Je les suppor-
terai aussi bien qu'il me sera possible. »

Dans la soirée, Eléonore se décida à
descendre. Elle parut dans le déshabillé
qui lui allait le mieux. Sa pâleur, ses larmes, son repentir et sa beauté attendri-
rent tellement Davenant, qu'il finit par
lui promettre de ne plus songer à une
faute qui n'était malheureusement que
trop commune dans le monde, et dont
elle ne s'était rendue coupable en cette
occasion, que par un trop grand désir
de conserver la bonne opinion qu'il
avait conçue d'elle.

Le lendemain, Eléonore ayant encore
une fois resserré les fers de son captif,
quoique sa joie fût mêlée d'inquiétude,
reprit toute sa gaieté, et ne laissa plus
voir aucunes traces d'abattement ni de
chagrin. Mais son sourire enchanteur,
au lieu de produire sur Davenant son
effet ordinaire, ne lui fit sentir que plus
vivement combien elle était loin d'avoir
les sentimens qu'il aurait désiré trouver

dans son épouse, et lorsqu'il prit congé de la compagnie en se retirant, il ne put s'empêcher de dire à voix basse à Clara : « Ah ! miss Delancy, quel est mon malheur d'avoir été prévenu par le lieutenant Beaumont ! »

« Par le lieutenant Beaumont, pensa Clara. Ah ! il ne connaît pas quels sont les liens qui m'attachent à lui. Ainsi donc, sans cette fatale prévention, c'est moi qu'il aurait choisie ! Perfide Eléonore ! ce dernier trait me dégagerait de tout ménagement. Je devrais éclairer Davenant.... mais comment révéler mon secret ! comment détromper Davenant sans lui laisser voir ce qui se passe dans mon cœur, sans m'exposer au soupçon d'une manœuvre indigne de moi pour perdre ma rivale.—Il est trop tard ; non, qu'elle jouisse du fruit de sa perfidie. —Ces tristes réflexions privèrent Clara du sommeil ; le lendemain, quand Davenant revint, il ne fut question de rien.

Eléonore qui s'était aperçue que son air d'enjouement n'avait fait que rendre

Davenant plus froid, avait repris son air de langueur intéressante, quand Clara entra dans sa chambre, dans l'intention de la forcer à s'expliquer sur ce qu'elle avait dit de ses relations avec le lieutenant Beaumont.

A peine y était-elle qu'un laquais de M. Morley se présenta. Il était évident qu'il avait la tête échauffée par la boisson, non pas au point d'avoir perdu la raison, mais assez pour se donner de la hardiesse.

« Miss, dit-il, en s'adressant à Eléonore, je vous demande pardon, mais je viens vous prier de me rendre un service. »

« Quel est-il? demanda Eléonore. »

— « M. Morley, vient de me renvoyer, miss, parce que le jour que vous avez été à l'Opéra, je suis rentré fort tard, et que j'étais sorti sans permission. »

— « Vous savez, John, que c'est une faute qu'il ne pardonne pas, et que j'intercéderais en vain en votre faveur. »

— « C'est vrai, miss; mais vous pour-

riez lui dire que vous aviez permis à
votre laquais de sortir, et que vous
m'aviez donné ordre de vous suivre à
l'Opéra. »

« Quelle insolence! s'écria Eléonore
en rougissant : osez-vous bien me pro-
poser de faire un mensonge à votre
maître pour vous? »

« Et pourquoi non, miss? Je lui en ai
tant fait ainsi qu'à bien d'autres, par
votre ordre.

« Sortez à l'instant ! cria Eléonore,
vous êtes bien hardi de me parler ainsi! »

— « Un service en vaut pourtant un
autre. Mais il n'y a pas de reconnaissance
dans le monde. Eh bien, miss, je sorti-
rai, mais vous y perdrez plus que moi. »

En parlant ainsi, il quitta la chambre
en tirant la porte après lui avec violence.
Eléonore inquiète voulait courir après
lui; mais elle se ressouvint qu'elle faisait
la malade, et qu'elle avait annoncé être
hors d'état de quitter la chambre. Clara
allait lui demander l'explication de cette
scène extraordinaire, lorsque la mar-

chande de mode d'Eléonore entra ; elle
lui apportait des modèles d'habillement
pour la noce.

Miss Musgrave se trouva si agréablement occupée qu'elle oublia l'impertinence du valet. Elle était bien loin de
s'imaginer ce qui se passait en ce moment
dans le cabinet de son oncle.

Davenant et Morley étaient occupés
à arrêter la rédaction définitive des
articles du contrat, quand le laquais,
plein du désir de se venger, entra et dit
à M. Morley que quoiqu'il fût renvoyé,
il espérait obtenir de lui un certificat à
l'aide duquel il pût obtenir une autre
place ; qu'il savait qu'il ne s'était pas
toujours conduit comme il l'aurait dû ;
qu'il en avait un sincère regret, mais
que s'il avait pu se résoudre à tromper
un si bon maître, c'était par suite des
sollicitations de miss Musgrave.

« Que voulez-vous dire ? s'écrièrent-
ils tous deux en même temps.

— « C'est la vérité. Vous souvenez-vous,
monsieur, qu'il y a quelques jours vous

vîtes un officier sortir de la maison.
Vous me demandâtes qui c'était. Je vous
répondis que c'était le lieutenant Beaumont qui avait fait une visite à miss Delancy. Miss Musgrave m'avait donné
ordre de faire cette réponse si quelqu'un
m'interrogeait. Mais la vérité est que
c'était le capitaine Lethbridge qui était
venu la voir elle-même.

« Cela est-il possible! dit Davenant à
son oncle.

— « Je ne puis le croire, et.....

— « C'est la vérité, monsieur, et le
jour qu'elle ne voulût pas aller à l'o-
péra, elle attendait sa visite, et m'avait
donné ordre de venir vous dire que sa
marchande de modes la demandait,
quand il arriverait, afin que vous n'en
sussiez rien. Vous devez vous le rappeler,
monsieur, et elle passa toute la soirée
avec lui. »

— « Il est vrai qu'elle passa toute la
soirée dans son appartement; mais je
ne puis croire que ce fût avec le capitaine Lethbridge.

« Impossible ! s'écria Davenant : je ne croirai jamais que la femme que je vais épouser, accorde à qui que ce soit des rendez-vous clandestins.

— « Vous ne croirez pas davantage qu'elle lui écrive. Heureusement je puis le prouver; car voilà la lettre qu'elle m'avait chargé hier soir de lui porter ce matin.

Morley saisit la lettre en pâlissant de colère et de consternation, et en rompit le cachet.

« Arrêtez, monsieur ! s'écria Davenant. Qu'allez-vous faire ?

— « Mon devoir. — Mon devoir envers elle comme son tuteur, et envers vous, comme votre oncle. Souvenez-vous qu'elle est encore ma pupille, et je lui avais défendu d'avoir aucune relation avec le capitaine Lethbridge. Il lut alors la lettre rapidement, et, d'un air d'agitation, donna ordre au perfide confident de se retirer, et fit avertir miss Musgrave de venir lui parler sur-le-champ.

Comme le laquais sortait, miss Delancy entra pour voir son tuteur qui, depuis que la goutte le tourmentait, se faisait servir à déjeûner dans sa chambre.

Elle lut sur son visage et sur celui de Davenant qu'il s'était passé quelque chose d'extraordinaire. « Qu'est-il donc arrivé? de quoi s'agit-il? s'écria-t-elle d'un ton alarmé.

« Vous le saurez bientôt, lui répondit M. Morley, en donnant à M. Davenant la lettre d'Eléonore. Lisez-la! lui dit-il, lisez-la, je veux que vous la lisiez, il le faut. » Davenant la parcourut des yeux; et quoique choqué d'y trouver des preuves de la duplicité de miss Musgrave, il ne fut pas fâché de voir qu'elle rompait la chaîne qu'il s'était imposée, et dont il sentait tout le poids.

Eléonore fit répondre à M. Morley qu'elle était trop faible pour descendre, et qu'elle le priait de monter dans son appartement. Il s'y rendit sur-le-champ et voulut que Davenant et Clara l'y suivissent.

« Voilà donc, miss Musgrave, de quelle manière vous agissez à l'égard de mon neveu, de votre futur époux, car dieu merci! il ne l'est pas encore; vous recevez des visites clandestines, vous écrivez au capitaine Lethbridge, malgré ma défense, et malgré vos engagemens solemnels avec M. Davenant! »

« Moi! s'écria Eléonore : Qui peut m'accuser... qui ose dire...? »

« Prenez garde, miss Musgrave, dit Davenant, n'ajoutez pas un mensonge à une perfidie bien suffisante pour m'accabler. Clara pâle et tremblante fut obligée de s'appuyer sur une chaise qu'elle trouva près d'elle. Apprenez, s'écria Morley, que votre confident, l'homme que vous aviez gagné pour nous tromper, est devenu votre accusateur; je viens de lire cette lettre écrte par vous à Lethbridge, et dans laquelle vous lui dites, que malgré tout ce qu'il voit et tout ce qu'il entend dire, il ne doit pas croire à votre mariage avec mon neveu : que moi, votre cruel tuteur, je vous persécute pour que vous l'épousiez, parce que je crois qu'il mourra si vous

n'y consentez, tant il vous est attaché ;
que la faiblesse de votre caractère ne
vous permet pas de montrer une opposition ouverte à mes volontés, mais que
vous saurez apporter sous main des
obstacles à ce mariage ; qu'enfin son
image est toujours gravée dans votre
cœur, et que vous n'aimerez jamais que
lui, quand même vous vous trouveriez forcée à épouser M. Davenant.
Voilà cette lettre, miss ; elle est de votre
écriture, votre signature s'y trouve,
aurez-vous la hardiesse de le nier ? »

«Écoutez-moi, monsieur, écoutez-moi!
s'écria Eléonore en se tordant les mains
d'un air de désespoir. C'est par crainte
pour les jours de M. Davenant que j'ai
écrit ainsi à Lethbridge qui voulait lui
envoyer un cartel. Je désirais seulement
que notre mariage se fît après son départ
pour sa garnison, qui doit avoir lieu incessamment ; car bien certainement
c'est M. Davenant que j'aime, et je
n'aime que lui. »

« Vous en dites autant au capitaine

Le thbridge, miss Musgrave, dit Davenant d'un air froid. Par conséquent vous trompez l'un de nous, et vous ne méritez la confiance ni de l'un ni de l'autre. Quant à moi, d'après cette lettre, malgré tous les préparatifs faits pour notre union, je me crois justifié à mes yeux, et aux yeux de qui que ce soit, en vous déclarant que je regarde l'engagement que j'avais contracté envers vous, comme nul, et n'existant plus. »

Une violente attaque de nerfs obligea de transporter Eléonore dans sa chambre, et Clara qui, tout en la blâmant, ne pouvait s'empêcher de la plaindre, la suivit pour lui donner des soins.

« Je crois, dit Davenant à son oncle, que d'après ce qui vient de se passer, je ferai bien de quitter Londres pour quelque temps. Et M. Morley ayant été du même avis, il partit le soir même pour le comté de Surrey.

Eléonore désira rester seule toute la journée ; le lendemain quand Clara se rendit dans sa chambre, elle la trouva

encore plus agitée et plus affligée que la
veille, mais elle vit que pour cette fois
son affliction était bien véritable, et elle
n'en douta plus quand Eléonore, incapable de parler, lui mit en mains une
lettre qu'elle venait de recevoir du capitaine Lethbridge, en lui faisant signe de
la lire.

Il lui mandait qu'ayant découvert
qu'elle l'avait trompé, en l'assurant qu'il
n'y avait encore rien de déterminé pour
son mariage avec M. Davenant, puisqu'il
avait vu de ses yeux chez sa marchande de modes, les parures qu'elle-
même avait commandées pour la noce,
en lui prescrivant la plus grande diligence, il lui déclarait qu'il ne la rever-
rait jamais, et qu'il ne lui serait pas
difficile d'oublier une femme fausse et
perfide, indigne de son amour comme
de sa confiance.

Quoique ce fût une juste punition de
la duplicité de sa cousine, Clara n'en
éprouva pas moins de compassion pour
elle, et la lui témoigna par les soins les

plus empressés. Elle ne concevait pourtant pas pourquoi Eléonore avait agi de cette manière, et pourquoi lorsqu'elle était sûre d'épouser Davenant, elle n'avait pas ouvertement rompu avec Lethbridge. Elle lui en témoigna sa surprise, et quand miss Musgrave se trouva un peu moins agitée, elle en tira l'aveu que quoiqu'à la veille de son mariage avec Davenant, elle avait toujours eu une sorte de pressentiment qu'il y surviendrait quelque obstacle; mais elle ne put apprendre sur quoi était fondé ce pressentiment.

La vérité était qu'Eléonore ne pouvait se résoudre à avouer que, dans son opinion, Davenant nourrissait une préférence secrète pour Clara; qu'il ne lui avait offert sa main que parce qu'on lui avait fait croire que celle de sa cousine était promise à une autre, et par une sorte de compassion pour l'attachement qu'elle avait feint d'éprouver pour lui, afin de satisfaire son ambition. Elle savait que son caractère ne pouvait avoir l'approbation de Davenant, et craignant jusqu'au dernier moment qu'il ne révoquât ses promesses, elle ne voulait pas congédier l'amant qu'elle aimait, avant d'être bien sûre de l'époux que l'intérêt et l'ambition lui faisaient choisir.

Le seul désir d'Eléonore en ce moment était de pouvoir faire croire dans le monde qu'elle n'avait pas été abandonnée, et que la rupture avait eu lieu par suite de sa propre volonté. Ce bruit venant à s'accréditer, elle ne désespérait pas d'amener ensuite une réconciliation avec le capitaine Lethbridge. Elle crut pour y réussir devoir quitter Londres pour quelques mois, et demanda à M. Morley la permission d'aller voir une de ses parentes qui demeurait dans le Devonshire. Celui-ci y consentit volontiers, Clara lui offrit de l'y accompagner; mais elle la remercia de son offre. Sa compagnie ne pouvait lui convenir. Elle aurait craint que sa véracité ne pût nuire au projet qu'elle avait de donner à la rupture de son mariage une couleur qui fût toute à son avantage. M. Morley de son côté, laissa voir à miss Delancy qu'il serait charmé qu'elle restât avec lui, et miss Musgrave partit seule pour le Devonshire suivie de sa femme-de-chambre et d'un laquais, le surlendemain du départ de M. Davenant.

M. Morley écrivit sur-le-champ à son neveu pour lui en faire part, et lui manda que d'après l'absence d'Eléonore, il ne voyait aucun inconvénient à ce qu'il revînt aussitôt qu'il le désirerait.

Clara n'attendait pas son retour sans impatience. Maintenant, pensait-elle, rien ne s'oppose à ce que je le détrompe relativement à M. Beaumont, si l'occasion s'en présente, et alors.... Mais le moment d'après, elle se rappela que si elle avait trouvé tant de difficulté à une explication lorsqu'il était engagé avec une autre, cette explication devenait bien plus difficile, maintenant qu'il était redevenu libre ; cependant cette réflexion ne la découragea pas. Car enfin, Davenant n'était-il pas dégagé de ses

10*

liens avec une femme indigne de lui?
Et n'en était-ce pas assez pour rendre
l'espérance et la joie à celle qui l'aimait
si tendrement?

Dès que Davenant eut reçu la lettre
de son oncle, il reprit le chemin de
Londres, et arriva chez M. Morley avant
de lui avoir annoncé son retour; il
n'était avec lui que depuis quelques instant, lorsque Clara ignorant son arrivée,
entra chez son tuteur en chantant. Surprise d'y trouver M. Davenant, elle
sentit une rougeur involontaire couvrir
ses joues, et le salua d'un air d'embarras.
Davenant s'avança pour la saluer en
rougissant presque autant qu'elle même,
et M. Morley commença à croire que
ses soupçons sur *le pauvre lieutenant* pouvaient bien être sans fondement.

« Sidney, dit-il, je ne sais ce qui est
arrivé à Clara. Elle est je crois devenue
plus vive et plus bruyante que ne l'était
la pauvre Éléonore. Elle va, elle vient,
descend les escaliers deux à deux, ne fait
que chanter tant que la journée dure,

et semble ne pas pouvoir tenir en place. Je vous ai entendu vanter les grâces pensives de miss Delancy, mais vous ne retrouverez plus vos anciennes favorites, elles l'ont quittée bien certainement.

—« Celles que j'admire en ce moment ne me permettront jamais de m'apercevoir de l'absence des autres. »

— « C'est fort galant. Mais dites-moi, Sidney, n'est-il pas étonnant que Clara, une fille à sentimens, ait pris tout-à-coup ce ton de grande gaieté, immédiatement après le départ de son amie Eléonore, après la rupture de son mariage ? — Parlez, Clara, défendez-vous, si vous le pouvez. »

Elle fut un moment embarrassée ; mais sa franchise ne se trouva point en défaut. Il est vrai, dit-elle en rougissant, Eléonore est mon amie ; mais j'ai un autre ami qui n'est ni moins ancien ni moins estimable, et tout en déplorant la perte des espérances d'Eléonore, je me console en pensant que... que... »

« Achevez, s'écria Davenant.

— « Qu'il était impossible que son caractère convînt au vôtre. »

— « Il me semble pourtant, Clara, dit M. Morley, que vous aviez regardé ce mariage comme très-convenable. »

— « Jamais, monsieur, jamais. »

— « Vous me suprenez ! je croyais que vous m'aviez dit... c'est-à-dire que vous aviez pensé... n'importe ! tout est pour le mieux. » Morley se rappela en ce moment que pour déterminer son neveu à offrir sa main à Eléonore, il avait supposé à Clara des sentimens qu'elle n'avait jamais eus, et il en fut si confus, que cherchant un prétexte pour sortir, il la laissa seule avec Davenant.

« Je ne suis pas moins étonné, lui dit celui-ci, mais étonné bien agréablement, mon oncle m'avait assuré que vous désiriez que j'épousasse votre amie. »

— « Est-il possible ? »

— « C'est l'exacte vérité. Et il lui

répéta tout ce que M. Morley lui avait dit à ce sujet.

Beaucoup de surprise et un peu de dépit, firent perdre un instant la parole à Clara; mais elle n'eut pas de peine à le convaincre qu'elle n'avait rien dit à M. Morley qui pût lui donner une telle opinion. Elle convint pourtant qu'elle lui avait dit que la conduite de son neveu avec Eléonore dans la voiture ressemblait à de l'amour; et c'est à vous, ajouta-t-elle en souriant et rougissant tout-à-la-fois à me dire si j'ai eu tort.

Davenant baissa les yeux et garda le silence.

« C'est un de ces mensonges, dit Clara, que mon tuteur appelle *innocens* et auxquels il ne trouve aucun mal. Mais pourquoi vous a-t-il parlé ainsi? quels pouvaient être ses motifs? »

Tandis qu'ils y réfléchissaient en silence, chacun de leur côté, on annonça une visite, et Davenant lui fit ses adieux jusqu'au lendemain, étant invité à dîner dehors ce jour-là.

L'espérance commençait à renaître, dans son cœur, et il avait besoin de se livrer aux réflexions qu'elle lui suggérait. Si son oncle l'avait trompé volontairement en lui disant que Clara désirait son mariage avec Eléonore, ne pouvait-il pas l'avoir trompé une seconde fois, en l'assurant que le cœur de Clara n'était pas libre? Cependant l'épée envoyée en présent au lieutenant Beaumont ne le laissait pas sans inquiétude. Enfin il résolut d'avoir avec elle le lendemain une explication franche à sujet.

En arrivant chez M. Morley, il pensa qu'il serait plus convenable de commencer par lui faire à lui même quelques questions. Il se rendit donc d'abord dans le cabinet de son oncle; mais ne l'y ayant pas trouvé il en revint à son premier projet, et entra dans un salon où Clara passait ordinairement toutes les matinées.

Elle était assise le dos tourné vers la porte, tenant un mouchoir sur ses yeux, la tête appuyée sur l'épaule d'un jeune

militaire, qui l'embrassant tendrement
lui dit : « Adieu, chère Clara, consolez-
vous, et ne m'oubliez jamais! » se levant
au même instant, il porta la main à son
front, et se précipita hors du salon,
sans faire attention à M. Davenant.

Sa surprise, et une émotion pénible
rendirent celui-ci immobile pendant
quelques instants. Quelle explication lui
fallait-il maintenant ? Tous ses doutes
ne se trouvaient-ils pas éclaircis? n'était-
ce pas le lieutenant Beaumont qu'il
venait de voir ?

Cette pensée était insupportable ; il
quitta le salon et sortit de la maison. Mais
il n'avait pas fait vingt pas dans la rue,
qu'il s'aperçut qu'il était sans chapeau.
Il l'avait oublié, dans son trouble, sur
une table où il l'avait placé en entrant
dans le salon; il y retourna pour le prendre, et y trouva Clara, la tête appuyée sur
ses mains, et paraissant plongée dans
une telle affliction, qu'il n'éprouva plus
que de l'inquiétude et de la compassion
pour les chagrins qui semblaient l'acca-

bler. Il résolut de chercher à découvrir la cause de son affliction, et à ne rien négliger pour la dissiper, même aux dépens de son propre bonheur.

Il s'approcha d'elle, et lui demanda d'abord si c'était M. Beaumont qu'il venait de voir sortir, et ensuite s'il partait pour les Indes avec son régiment. Elle répondit affirmativement à ces deux questions, et son cœur battit vivement en songeant à la troisième dont elle pensait qu'elles seraient suivies.

« Miss Delancy, dit Davenant, ce que j'ai vu ce matin me détermine à quitter Londres dès demain, et à voyager sur le continent. Mais avant mon départ, j'espère vous donner une preuve, une dernière preuve du désir que j'ai d'assurer le bonheur de la fille de mistriss Delancy. Il parcourut la chambre pendant quelques instants, d'un air agité. S'asseyant ensuite près d'elle, il lui dit avec plus de calme : il fut un temps, pourquoi rougirais-je de l'avouer, où j'espérais pouvoir transporter à la fille l'affection que j'avais éprouvée pour la mère. Cette idée me suivit en Angleterre; comme elle me parut facile à réaliser quand je vous vis, et quels furent mes regrets, quand j'appris que votre cœur s'était déjà déclaré en faveur du lieutenant Beaumont ! »

— « Qui peut vous avoir dit cela ? » demanda vivement Clara.

— « Mon oncle, et Eléonore me l'a confirmé. »

— « Je le soupçonnais, dit Clara en soupirant, mais j'ai été long-temps sans pouvoir le croire. »

— « Bien des circonstances ont contribué à me convaincre de cette triste vérité ; mais ce dont j'ai été témoin ce matin involontairement ne m'a plus laissé l'ombre d'un doute, et a fait évanouir jusqu'à ma dernière espérance. C'est donc la voix de l'amitié, Clara, de l'amitié seulement que je vous prie d'écouter en ce moment, et permettez-moi de vous en donner une preuve. »

Il s'arrêta un instant, l'émotion lui

coupant la parole, et Clara, trop heureuse et trop agitée pour pouvoir parler, couvrit ses yeux de son mouchoir.

« Clara, continua-t-il après un court silence, vous ne pouvez encore disposer de votre fortune ; mais je ne manque ni d'argent ni de crédit ; disposez de l'un et de l'autre. Il est possible de faire passer votre amant dans un régiment qui ne soit pas destiné pour les Indes, et je lui prêterai la somme qui lui sera nécessaire pour acheter un grade supérieur à celui qu'il occupe. Il aurait été bien doux pour moi de travailler moi-même à votre bonheur ; ce plaisir m'étant refusé, ma seule consolation sera de vous voir heureuse avec un autre. Parlez, miss Delancy, dites que vous acceptez mes offres. »

Clara baissant le mouchoir qui lui couvrait les yeux, et laissant appercevoir un sourire au milieu des larmes d'émotion qu'elle versait encore, lui dit en lui prenant la main : j'accepte vos offres, au nom du lieutenant Beaumont. Vous me délivrez des angoisses terribles que me causait tout ce que j'ai entendu dire des funestes effets du climat de l'Inde sur ceux qui n'y sont pas habitués. Quant à moi, il ne peut jamais m'appartenir de plus près qu'il ne m'appartient déjà. Le lien inviolable qui nous unit est un secret; mais je puis vous le confier si vous me promettez de ne le révéler jamais à qui que ce soit. »

« Je vous le promets, dit Davenant d'un ton solemnel. »

— « Sachez donc que M. Beaumont est.... »

« Votre époux! s'écria Davenant, respirant à peine.

« Le fils naturel de mon père, mon frère. »

« Dieu soit loué! s'écria Davenant en se levant brusquement, et le cœur rempli de divers sentimens parmi lesquels celui de la joie dominait pas-dessus tous les autres.

« Ce secret, continua Clara, d'une voix émue, n'en était pas un pour ma

mère. Mon père le lui avait confié avant
de l'épouser, époque à laquelle son fils
n'avait encore que trois ans. Vous savez
que je perdis mon père en bas âge ;
mistriss Delancy, depuis ce temps,
servit toujours de mère à Beaumont,
et m'apprit peu de temps avant sa mort,
par quels nœuds la nature nous avait
unis. J'attendais avec impatience l'époque où je dois entrer en possession de
ma fortune, pour lui donner les moyens
de s'avancer dans sa profession ; mais
puisque vous voulez bien accélérer ce
moment, c'est un service que j'accepte
de vous avec plaisir et dont je conser-
verai une reconnaissance sans bornes ;
je suis seule dépositaire de ce secret,
ma mère n'ayant pas voulu que la mémoire de mon père fût exposée au
moindre blâme, et si je vous l'ai confié,
c'est parce que je sais que je puis compter sur votre discrétion. »

— « Mais dites-moi, chère Clara,
dites-moi avec votre franchise ordinaire,
si vous n'aviez aucune autre raison pour

me donner cette marque de confiance ? »

« Comme vous avez mon estime, dit Clara en rougissant, j'étais bien aise d'avoir la vôtre, et de vous prouver que ma liaison avec Beaumont n'avait aucun motif que je ne pusse avouer. »

Les explications entre amans, leurs aveux mutuels, leurs projets de bonheur, sont pour eux des projets de conversation intarissable ; mais c'est une folie de vouloir les décrire. Le cœur sent mieux que la plume ne peut peindre. Je me contenterai de dire que M. Morley en rentrant fut tout surpris de trouver l'amour bien établi où il croyait n'avoir laissé que l'amitié, et d'apprendre que des motifs de délicatesse retarderaient seuls leur mariage de quelques mois.

Tout en les félicitant sur un projet d'union qu'il déclarait parfaitement assortie, il fut frappé de l'air de froideur avec lequel Davenant et Clara lui parlaient. Ils étaient trop sincères pour lui en cacher la cause, et Davenant lui reprocha assez vivement de l'avoir induit en erreur sur les véritables sentimens de miss Delancy ; il alla même jusqu'à lui dire qu'il espérait que cette expérience lui apprendrait à s'abstenir des mensonges les plus innocens, puisqu'il n'en existe point qui ne puisse devenir funeste par quelques circonstances imprévues quand on se le permet.

« En vérité, jeune homme, dit Morley en s'efforçant de rire, vous êtes bien présomptueux de m'adresser ainsi un sermon comme si j'étais un blanc-bec, et que vous fussiez une barbe grise! Au fond, vous pouvez avoir raison : mais pouvais-je prévoir qu'Eléonore se conduirait comme elle l'a fait ? »

— « Mais vous pouviez voir aisément que je lui préférais Clara, et qu'en me trompant sur ses sentimens, vous pouviez causer le malheur de toute ma vie. »

« Et de la mienne aussi! s'écria Clara, emportée par sa sensiblité et sa franchise.»

— « Et de la vôtre aussi ? Quoi! le mariage de Sidney avec Eléonore vous aurait rendue malheureuse?

« Au moins, dit Clara, je n'aurais
pas joui du bonheur de travailler à celui
de l'homme que j'aimais. »

« N'en dites pas plus, mon enfant,
dit Morley avec émotion, n'en dites pas
plus. Je frémis en pensant que j'ai été si
près de désunir deux cœurs qui s'enten-
dent si bien. Eh bien, pour réparer en
partie les torts que vous avez à me reprocher, je vais.... vous laisser tête-à-tête.
—Mais à propos, Clara, que va devenir
le pauvre lieutenant ? »

— « Ce qu'il a toujours été, un ami
véritable, et celui de Davenant qui va
s'occuper à lui procurer une commission
de capitaine. »

M. Morley ne fit plus de questions et
se retira.

Davenant informa alors Clara qu'il
avait été assez heureux pour obtenir pour
Fielding un grade plus élevé et par
conséquent plus lucratif dans le bureau
où il travaillait, et qu'il ne doutait pas
qu'avec le temps, il n'y obtînt encore
de l'avancement.

J'ajouterai ici que le colonel O'Byrne transporta à Marie O'Donovan l'amour qu'il avait conçu d'abord pour Clara, avec laquelle il persista toujours à soutenir qu'elle avait une ressemblance frappante, et que Marie, au bout de quelques mois, à la grande satisfaction de sa mère et de son oncle, donna son cœur et sa main au brave Irlandais.

Eléonore ne réussit pas dans les efforts qu'elle fit pour regagner le cœur du capitaine Lethbridge qui se maria deux mois après avoir rompu avec elle. Mais elle ne tarda pas à s'en consoler ; un homme de distinction, un comte, qui aurait pu être son père, l'ayant rencontrée à Sidmouth, devint épris de ses charmes, lui proposa sa main, fut accepté, et elle eut le plaisir d'être comtesse, même avant que Clara fût mistriss Davenant.

Les résultats que produisirent ces deux mariages furent tels qu'on devait s'y attendre d'apèrs la différence de caractère des deux cousines.

Le mari d'Eléonore devint jaloux d'une
jeune et belle épouse, qui à force de
trahir la vérité dans les circonstances
les plus indifférentes, avait perdu tout
droit à la confiance dans les choses les
plus importantes. Par-là elle se vit sans
cesse soupçonnée de fautes dont elle
était incapable, tandis que son mari n'a-
joutait aucune foi à tout ce qu'elle pouvait dire pour s'en justifier. Si elle sortait
seule, il lui demandait où elle avait été,
qui elle avait vu, et croyait que chacune
de ses réponses était une imposture. S'il
l'accompagnait dans le monde, elle ne
pouvait ni dire un mot, ni faire un geste,
qu'il n'y donnât une interprétation dé-
favorable. Enfin elle passait sa vie, hors
de chez elle à se préparer à des querelles,
et chez elle à les essuyer.

Clara et Davenant menèrent une vie
bien différente. Une confiance réciproque, fondée sur l'estime, et sur la connaissance qu'ils avaient de l'intégrité
l'un de l'autre, leur assura un bonheur
sans mélange et sans interruption, et

leurs enfans ayant appris de bonne heure
que l'amour et la pratique de la vérité
inspirent la confiance, assurent la paix
de l'âme et procurent l'estime et le respect, croissent en vertus sous les yeux
de leurs tendres parens qu'ils récompen-
seront un jour par leur conduite, des
préceptes et des exemples qu'ils en ont
reçus.

FIN DES MENSONGES INNOCENS.

LES PROPOSITIONS

DE MARIAGE (1).

« Nous savons ce que nous sommes, mais nous ne savons pas ce que nous serons, dit la pauvre Ophélie (2); et elle n'aurait pu faire une observation plus vraie, comme mon expérience me l'a appris, si elle avait eu l'usage de son bon sens; car il ne me serait jamais en-

---

(1). Une note de mistriss Opie prévient le public que d'après le désir de l'auteur, elle a inséré ce conte moral dans son recueil, quoiqu'il soit d'une autre main. Elle a pensé, qu'il ne le déparerait pas, et nous espérons que nos lecteurs seront de son avis.

Les noms des acteurs de ce conte, dans l'original, ont tous une signification qui indique leur caractère, ce qui les rendrait trop ridicules, en français, et nuirait à l'intérêt. Nous n'avons donc laissé subsister que le surnom de Tresgothic, donné à Tylney, et le nom de lady Vaurien qui se trouvent ainsi dans l'original.

(2) Personnage de la tragédie d'Hamlet, de Shakespeare.

tré dans la tête de soupçonner que je deviendrais auteur. Cette idée même me paraît d'autant plus bizarre, que l'histoire que je vais écrire est véritable, et que j'en suis réellement le héros. Je la raconterai cependant, puisque j'ai maintenant l'ambition d'être un écrivain, et si cette ambition augmente encore, comme cela est assez probable, qui sait, si je ne ferai pas même gémir la presse?

« J'aurai grand soin d'éviter dans mon histoire ce qui m'a toujours impatienté en lisant celle des autres. Ainsi, quoique je n'aie nulle envie d'apprendre au lecteur mon véritable nom, celui de ma famille, ni celui d'aucune des personnes dont il sera question ci-après, je ne lui parlerai ni de lord A.... et de lady B....., ni de M. C.... et de miss D...., mais je donnerai à chacun de mes personnages un nom aussi ronflant que je pourrai l'imaginer, et souvent même approprié à son caractère.

« Commençons par moi-même.

« Au moment où j'écris, je suis âgé de
soixante-quatre ans : je jouis d'une excellente santé, et je suis connu dans le
beau monde sous le nom de.... Voyons!...
de l'honorable Tilney Trésgothic, vieux
garçon fort riche, fils cadet du comte
d'Odworth ; je n'ai donc pas besoin d'a-
jouter que j'ai été long-temps l'objet des
spéculations matrimoniales de mainte
demoiselle du bon ton, qui a passé
vingt ans de sa vie à chercher l'homme
qui lui convenait ; et des aimables veu-
ves d'un certain âge, qui se sont habi-
tuées à dépenser au-delà de leurs reve-
nus. Mais resterai-je garçon, ou finirai-
je par me marier? c'est ce qu'on verra à
la fin de ces mémoires.

« Je crains d'avoir promis plus que je
ne pourrai tenir, en disant que j'éviterai
en écrivant mon histoire, ce qui m'a
toujours impatienté dans celle des autres ; car je suis contrarié quand je n'y
trouve pas la description exacte de la
figure, du caractère, et même du costume du héros et de l'héroïne, et je

n'ai pas le courage de faire mon portrait de cette manière ; il faut pourtant
l'essayer.

« Je dirai donc que je suis grand, encore frais, et que je parais plus jeune
que je ne le suis réellement, à ce qu'on
m'assure, car je ne parle pas ici d'après
mon miroir : que mon costume ordinaire est un habit vert-bouteille ; que
malgré toutes les variations de la mode,
j'ai toujours porté des bas de soie blancs,
des culottes de casimir, et des boucles
à mes souliers et à mes jarretières ; enfin que j'ai toujours eu les cheveux pou-
drés, quoique l'âge, qui les a blanchis,
pût me dispenser d'employer la pou-
dre. Je n'ai jamais porté de perruque,
si ce n'est dans mon enfance ; car je
suis représenté sur mon portrait sus-
pendu dans le salon du château de
Vieilleroche, en habit complet de ve-
lours bleu de ciel, en perruque, l'épée
au côté, un chapeau sous le bras, avec
l'air d'importance qu'on peut avoir à
dix ans.

« Tel que je viens de me décrire , on me trouve à l'Opéra, toutes les fois que le spectacle doit y attirer le beau monde, au coin de la troisième banquette du parterre , du côté de *la prima donna*. On me voit aussi à la même place , à Covent-Garden et à Drury-lane ; toutes les fois qu'un acteur ou une actrice à la mode doit y paraître. Je puis ajouter qu'il n'existe pas à Londres une assemblée brillante où je ne sois invité, et où je n'aille ordinairement passer une heure ou deux.

« Ainsi donc, lecteur , si tu es un jeune homme ou une jeune femme du bon ton , tu dois m'avoir vu plus d'une fois , et quand tu auras lu mon histoire , je soupçonne que tu ne serais pas fâché de me connaître davantage , si tu te trouvais dans la situation de deux personnages dont je vais avoir à t'entretenir. — Mais je te demande pardon ; je m'aperçois que je parle beaucoup pour dire peu de chose , et que je mérite déjà le reproche de bavardage si sou-

vent adressé à la vieillesse. J'en viens
enfin au fait.

« J'ai déjà dit que je fréquente les assemblées à la mode. On sait que la musique fait souvent l'ame des plaisirs qu'on
y trouve ; qu'on y entend des chanteurs
et des cantatrices célèbres, des artistes
distingués par leurs talens sur divers
instrumens, et quelquefois aussi des
amateurs de l'un et de l'autre sexe, qui
ne sont pas sans mérite. Dans ce dernier cas, la société est ordinairement
moins nombreuse, et ce sont les réu-
nions que je préfère.

« Dans une de ces petites assemblées si
favorables, non-seulement pour faire
des connaissances, mais pour former
des liaisons intimes, un de mes amis
me présenta à la charmante lady Ama-
ble, fille aînée du comte et de la comtesse de Vaurien ; la beauté, les grâces
et la voix de cette jeune personne m'a-
vaient charmé ; je trouvai que sa conversation n'était pas moins attrayante ;

mais elle avait encore un autre charme pour moi. — Elle se nommait Marie.

« Lady Marie ne tarda pas à découvrir l'impression favorable qu'elle avait faite sur moi, et elle ajouta encore à mon admiration par des manières affables, et par des attentions flatteuses. Je ne suis réellement pas un fat, et il ne me vint pas dans l'esprit que cette jeune personne, si accomplie, eût la moindre envie de devenir lady Tilney Très-gothic. Mais le monde en pensa autrement, et lord Lawless pâlissait, autant qu'il pouvait pâlir, toutes les fois qu'il me voyait près d'elle.

« Il avait au moins mon âge, mais ses cheveux étaient d'un beau brun, ainsi que ses sourcils, et ses joues brillaient des couleurs les plus vermeilles : cependant ses genoux pliaient sous lui, ses jambes ressemblaient à desf useaux, et sa taille était un peu courbée, malgré ses efforts pour se maintenir dans une ligne perpendiculaire. Il était amant dé_

claré de lady Marie, et ses soins avaient
reçu la sanction de lord et de lady Vaurien, qui avaient douze enfans, l'habitude de la dépense, peu de fortune et
point de principes.

«Les premières semaines de ma liaison
avec lady Marie, se passèrent sans que
je connusse l'étendue du sacrifice qu'exigeait d'elle l'égoïsme de ses parens.

«Je découvris pourtant bientôt qu'elle
n'était pas heureuse. Je la voyais souvent tressaillir, promener des regards
inquiets dans tout le salon, changer de
couleur, porter les yeux sur la porte,
chaque fois qu'elle s'ouvrait; tomber
dans une rêverie profonde, et n'accorder aucune attention à tout ce qui se
passait autour d'elle. «Pauvre fille! pensais-je alors, son cœur a parlé.» Et je
cessai de m'étonner, comme je l'avais
déjà fait plusieurs fois, que lady Marie,
à l'âge de vingt-trois ans, ne fût pas
encore mariée.

«Mais en faveur de qui son cœur avait-
il parlé? C'est ce que j'ignorais encore;

et ce que je ne tardai pas à apprendre.

« Un soir la maîtresse de la maison et moi nous avions inutilement prié lady Marie de chanter une ballade qui était son triomphe. Elle avait persisté à refuser, disant qu'elle s'en trouvait absolument incapable en ce moment : notre hôtesse et moi, la voyant pâle et agitée, nous cessâmes aussitôt d'insister, mais sa mère s'approchant d'elle, lui dit à demi-voix, assez haut pourtant pour que je l'entendisse : « Folle créature ! fille obstinée ! je n'ignore pas pourquoi vous ne pouvez chanter. »

— « Pourquoi donc, madame, voulez-vous m'y contraindre ? »

Et la mère irritée s'éloigna, en jetant sur elle un regard de colère, tandis que plein de pitié, d'indignation et de curiosité, je m'assis en silence près de lady Marie.

« Est-ce bien là une mère ? pensais-je en regardant lady Vaurien s'éloigner ; et je fixai sur ma voisine tremblante, des yeux qui peignaient si bien l'intérêt qu'elle m'inspirait, qu'elle s'en aperçut, en fut flattée, et me dit à voix basse : Vous ne sauriez croire, mon cher Monsieur, combien m'est précieuse l'amitié que vous me témoignez ; car hélas ! j'ai bien besoin d'un ami ! »

En ce moment M. Arthur Mérital passa près de nous. C'était un charmant jeune homme, de bonne naissance, mais peu fortuné, et qui se destinait à l'église. En sortant du salon, il se retourna, ses yeux rencontrèrent ceux de lady Marie, ce fut l'affaire d'un instant, mais je ne pus me méprendre à l'expression de ce coup-d'œil. C'était le regard de l'Amour. Cependant les traits de ma charmante voisine s'étaient éclaircis. Elle était encore plongée dans une rêverie silencieuse ; mais cette rêverie paraissait moins pénible.

Quelques instans après, elle me dit à demi-voix : « Je voudrais bien savoir si Arthur Mérital est parti? »

Je la quittai pour m'en assurer, et je revins lui dire que je l'avais vu sortir de la maison : maintenant, je puis chanter, me dit-elle d'un air significatif. Lady Vaurien revenait en ce moment pour la persécuter de nouveau à ce sujet, et il fut heureux pour elle qu'elle se trouvât en état d'obéir. Elle se mit au piano, et chanta ce qui suit, quoique d'une voix peu assurée.

Je donne les paroles de sa chanson, parce qu'elles peignaient les sentimens qui l'agitaient. Sa mère les connaissait, et c'était un acte de cruauté en elle d'exiger qu'elle la chantât pendant qu'elle savait qu'Arthur pouvait l'entendre.

L'Amour, dit-on, se nourrit d'espérance :
Pourquoi ce dieu règne-t-il donc sur moi ?
Aucun espoir ne soutient ma constance
Mon cœur pourtant songe toujours à toi.

En vain je veux éviter ta présence,
En t'oubliant, te reprendre ma foi ;
Mon faible cœur, en dépit de l'absence,
A chaque instant me parle encor de toi.

Un sentiment dont tu n'es pas le maître
Fait-il aussi que tu penses à moi ?
Ah ! puisses-tu du moins ne pas connaître
Tous mes tourmens lorsque je songe à toi !

J'appris trois choses pendant cette soirée. La première, que lady Vaurien ne méritait pas mon estime; la seconde que lady Marie aimait et était aimée; la troisième, que son amant était Arthur. Je soupçonnai, de plus que l'autorité paternelle mettait obstacle à cette union.

Je me souvins aussi, et non sans plaisir, que lady Marie m'avait dit que mon amitié lui était précieuse, et qu'elle avait besoin d'un ami. J'avais donc quelque raison pour croire qu'elle voulait me prendre pour confident; je ne me trouvais pourtant pas autorisé à solliciter sa confiance, et j'attendais qu'elle me l'accordât d'elle-même : mais les semaines et les mois se succédaient, je rencontrais souvent lady Marie, je la voyais perdre ses couleurs et son embonpoint, devenir de jour en jour plus mélancolique : cependant elle ne s'ouvrait pas à moi sur la cause de ses chagrins, quoique ma société parût lui faire plaisir, et je gardais le même silence.

Son mariage avec lord Lawless faisait

alors le sujet de toutes les conversations;
l'époque en était fixée et n'était pas éloignée, et j'appris qu'il avait acheté lady
Marie de ses mercenaires parens en
s'engageant à la prendre sans aucune dot,
et à pourvoir à l'établissement de trois
autres de leurs enfans.

De quelle indignation ne fus-je pas
transporté à cette nouvelle!

C'eût été, j'en conviens, une imprudence, pour ne pas dire une folie aux
parens de consentir à l'union de leur
fille avec Arthur Mérital, puisque ces
deux jeunes gens étaient l'un et l'autre
sans aucune fortune; mais c'était bien
assez à mon avis de les condamner à un
amour sans espoir, sans forcer lady
Marie à donner sa main à un homme
quand elle avait donné son cœur à un
autre; et quel homme la forçait-on de
prendre pour époux? un vieillard in-
firme, dissolu, sans honneur, sans principes, qui n'avait ni la volonté ni le pouvoir de remplir les promesses qu'il avait

faites; car je savais qu'il n'était pas riche
et qu'il ne jouissait d'aucun crédit.

La vie était pour moi sans intérêt depuis long-temps; mais elle m'en offrait
un nouveau, un puissant, depuis que
lady Marie m'en avait inspiré à son sort.
Je ne m'occupais que de plans que j'aban-
donnais ensuite comme inexécutables;
pour réunir les deux amans. Depuis
long-temps on leur avait défendu de se
voir, mais cette défense n'avait pas produit l'effet qu'on en attendait. Un soupir,
un regard entretenaient leur tendresse
mutuelle et prouvaient qu'il n'y a contre
un véritable amour d'autre remède
qu'une séparation absolue, et une longue
absence, ou peut-être même que cette
dernière séparation à laquelle la nature
a condamné d'avance les êtres les plus
tendrement unis.

« Mais quelle peut être la cause du
changement que je remarque en lady
Marie? me demandais-je à moi-même:
à coup sûr on ne la traînera point à l'au-

tel contre son gré, et elle ne s'y présentera jamais volontairement. »

Un soir je la vis arriver dans une société où je me trouvais. Elle était appuyée sur le bras de lord Lawless, dont la physionomie, rayonnante de plaisir, semblait dire : « Regardez-moi ! ne suis-je pas le plus heureux des hommes ? »

Lady Marie ne paraissait rien moins qu'heureuse. Je vis qu'elle semblait désirer de me parler, et je fus assez long-temps sans trouver l'occasion d'approcher d'elle.

Enfin une chaise étant devenue vacante à son côté, je m'empressai de m'en emparer.

« Ce que j'apprends est-il vrai ? lui dis-je à demi-voix : est-il possible que vous soyez sacrifiée à un tel homme ? »

« Il le faut bien ! me répondit-elle
» avec le sang-froid du désespoir ; il faut
» que je m'immole au bien de ma fa-
» mille. Et pourquoi hésiterais-je à le
» faire ? Arthur va se marier. — Vous
» m'entendez ? »

— « Je vous entends. — Cependant, réfléchissez encore. Songez que lord Lawless..... »

« Ah ! s'il vous ressemblait ! s'écria-t-elle en soupirant , et en jetant sur moi un regard qui peignait bien la situation de son ame ; et en même temps elle se leva et alla rejoindre sa mère , qui semblait ce soir l'accueillir avec plus de bonté. »

« Je le voudrais , pour l'amour de toi , pauvre créature , pensai-je , supposant qu'elle voulait dire que s'il avait des principes semblables aux miens , il ne persisterait pas à abuser de l'autorité de ses parens pour la forcer à l'épouser.»

Le désir de trouver quelque moyen pour la servir me tint éveillé presque toute la nuit. Mais était-il possible que son amant lui fût infidèle , à elle qui méritait si bien toute sa tendresse ? Je ne pouvais me le persuader. Je me connaissais en amour véritable. Le seul regard que je l'avais vu adresser à son amante , me garantissait la sincérité de ses sentimens, et je soupçonnais lady Marie de s'être laissé abuser par ceux qui étaient intéressés à la tromper.

Quoique j'eusse mal dormi, je me levai le lendemain à mon heure ordinaire, et je finissais de déjeuner, à neuf heures et demie, quand on m'avertit qu'une jeune dame et sa femme-de-chambre demandaient à me parler.

« Laquelle ? — La jeune dame ou la femme de chambre ? »

— « La jeune dame, Monsieur. »

— « Quelle espèce de jeune dame ? »

— « Une jeune dame fort jolie, Monsieur ; d'une vingtaine d'années. »

— « Priez-là d'entrer sur-le-champ.— Cela est bien étrange ! pensai-je ; car mon cœur semblait m'avertir que c'était lady Marie. »

Je ne me trompais pas : c'était elle-même. Elle était si émue, si agitée, qu'elle se laissa tomber sur la première chaise qu'elle trouva en entrant, me priant d'une voix faible et entrecoupée, d'excuser la liberté qu'elle avait prise, et l'inconvenance de sa démarche.

« Je ne puis songer, lui dis-je, qu'au plaisir que me procure votre visite. Elle me donne l'espoir d'obtenir votre entière confiance ; car vous devez être sûre, lady Marie, que je ferai tout ce qui sera en mon pouvoir pour vous servir. »

« Cela est-il bien sûr ? s'écria-t-elle vivement ; m'accorderez-vous la demande que je viens vous faire ? »

— « Vous pouvez y compter, car il est impossible que vous me fassiez une demande déraisonnable. »

— « N'en soyez pas trop sûr ! »

— « N'importe, de légères difficultés ne m'arrêteront point. — Allons, ma chère enfant, contez-moi l'histoire de vos amours et de vos chagrins. »

— « Elle ne sera pas bien longue. — Arthur et moi nous nous sommes attachés l'un à l'autre dès notre enfance. Nous nous voyions tous les jours, on nous laissa exposés au danger de nous aimer, on ne le prévit point ; comment aurions-nous pu le prévoir ? On nous fit un crime de notre amour, quand il était trop tard pour y mettre obstacle ; on nous défendit de nous voir, de nous parler ; on ne nous laissa pas même l'espérance du bonheur dont nous pouvions nous flatter, lorsqu'Arthur entrera en possession d'un bénéfice qui est à la nomination de la famille ; mais partout où nous nous rencontrions, un regard suffisait pour nous assurer de notre constance, et c'était toute ma consolation. Mes parens ne me surent pas mauvais gré d'avoir refusé les propositions de plusieurs jeunes gens qui demandèrent ma main. Je n'étais donc pas tout-à-fait malheureuse, mais aujourd'hui.... »

Son émotion la força de s'arrêter ici quelques instans. Elle parvint pourtant à se calmer : « Mais aujourd'hui, reprit elle, tout est bien changé ! il est inconstant, et je suis au désespoir. Ma famille est sans fortune ; lord Lawless fait des offres libérales ; on en appelle à ma tendresse filiale , à mon amour fraternel.....» Un déluge de pleurs lui coupa la parole , et je me sentis moi-même fort ému.

« Calmez-vous, ma chère enfant, cal-mez-vous! lui dis-je du ton le plus ten-dre. »

— « Plût au Ciel que je fusse votre en-fant! j'aurais encore quelque espoir de bonheur! »

— « Il n'est peut-être pas désespéré. — Mais vous aviez une demande à me faire? »

— « Oui , mais elle est telle que je n'ose m'expliquer. »

— « Vraiment! »

— « Vraiment. — Il faut les circons-tances malheureuses où je me trouve placée ; il faut toute l'horreur que m'ins-pire lord Lawless, pour me résoudre à vous la faire , car elle est si étrange , si étrange.....!»

— « Ne me tenez pas plus long-temps

dans l'incertitude; expliquez-vous : que désirez-vous que je fasse? »

— « Que vous m'épousiez. »

A ces mots, elle se cacha la figure avec son mouchoir, et je n'en fus pas fâché, car je ne pus m'empêcher de m'écrier : « Fort étrange, en vérité ! » Et je n'aurais pas voulu voir la confusion de cette pauvre enfant.

Après ce premier mouvement de surprise, j'avoue que mes yeux se portèrent machinalement sur une glace, qui était en face de moi, et je ne fus pas très-surpris d'avoir la préférence sur lord Lawless. Ce mouvement de vanité fit place à des sentimens plus dignes de moi. Je dis à lady Marie que je ne pouvais qu'être très-flatté de ce que je venais d'entendre ; que je l'étais d'autant plus, qu'elle savait que je n'avais jamais cherché à obtenir d'elle d'autres sentimens que ceux de l'amitié, et que jamais la vanité ne m'avait porté à croire que je pusse lui en inspirer d'autres.

J'ajoutai aussi que toute la tendresse

dont mon cœur était susceptible, était
enfermée dans le tombeau, et que j'a-
vais pris la résolution de ne jamais me
marier. « Cependant, lui dis-je, nos
projets changent souvent avec les circonstances, et quand je me promettais
de mourir garçon, je ne prévoyais pas
ce qui m'arrive aujourd'hui. Ainsi donc,
si vous ne trouvez pas d'autre moyen
de vous débarrasser de cet odieux lord
Lawless, je demanderai aux mêmes conditions que lui votre main à votre père,
et comme j'ai pour moi votre aveu, je
ne crois pas qu'il me refuse. Cependant
je vous prie de m'accorder quelques
jours, pour réfléchir sur votre proposition; car je ne puis vous cacher que,
malgré votre jeunesse et vos charmes,
mon cœur est toujours fidèle à ses anciennes affections, et je n'éprouve encore pour vous d'autres sentimens que
ceux de la tendresse paternelle. »

Lady Mary parut satisfaite. Peut-être
l'était-elle. Cependant la vanité naturelle à son sexe devait avoir été un peu

mortifiée du sang-froid avec lequel j'a-
vais écouté une proposition semblable,
faite par une jeune fille charmante : ce
qui est certain, c'est qu'elle n'en fit rien
paraître. Craignant qu'une plus longue
absence ne donnât quelques soupçons à
ses parens, elle me fit ses adieux à la
hâte, en m'accablant d'excuses et de
remercîmens. Je l'assurai que, sous
deux jours, elle me verrait ou recevrait
de mes nouvelles.

Je ne fus pas fâché de la voir partir,
car j'avais déjà formé mon plan d'o-
pérations. La première était de voir
Arthur. Je n'avais pour cela qu'à le chercher dans tous les lieux de réunion publique ; car je savais que l'espoir d'y
trouver lady Marie, ne manquait pas
de l'y attirer.

On avait annoncé pour ce jour là,
une vente d'un mobilier superbe ; je résolus de m'y rendre. Il savait que lady
Vaurien, quoique assez pauvre pour
vendre sa fille, était assez riche pour
acheter des objets de fantaisie, et il

était rare qu'elle n'assistât pas à toutes les ventes qui attirent les gens du bon ton, et qu'elle n'y achetât pas quelque objet inutile qui lui faisait envie. Il était donc probable qu'elle se trouverait à celle qui devait avoir lieu dans la matinée, et une autre conséquence était que je devais y rencontrer Arthur, à moins qu'il n'eût oublié lady Marie.

Lady Vaurien, ni sa fille, n'y vinrent pourtant pas; mais Arthur fut la première personne que j'aperçus en entrant. Il examinait un panier à ouvrage en ivoire, d'un travail précieux. Comme je le connaissais un peu, je m'approchai de lui, et lui dis, en regardant le panier: « C'est un véritable bijou, M. Arthur! »

— « Il est vrai. »

— « C'est le plus joli présent qu'un amant puisse faire à sa maîtresse. Vous pensez peut-être à l'acheter pour la jeune personne qu'on dit que vous allez épouser ? »

— « Que je vais épouser, M. Tilney!

Qui peut vous avoir fait croire.....? C'est mon frère qui va se marier, et comme il est absent, j'escorte depuis quinze jours ma future belle-sœur. — Moi, me marier! oh, non! jamais! jamais!»

Il leva les yeux au Ciel en parlant ainsi, et le soupir qu'il poussa en même temps me fit reconnaître l'amant de lady Marie.

« Voilà ce que je voulais savoir, pensai-je alors; » et le saluant, je sortis de la salle de vente, et je retournai chez moi.

J'y trouvai une lettre qui produisit sur moi un tel effet, que quoique ma voiture, que je demandai avant d'en avoir fini la lecture, fût prête en moins de cinq minutes; je crus l'avoir attendue une demi-journée. Je me fis conduire, n'importe dans quelle rue, n'importe dans quel square, chez le lord chancelier. Je ne dirai pas quel était ce lord chancelier, et pour qu'on ne puisse le deviner, j'aurai soin de ne laisser dans mon récit rien qui puisse indiquer l'année dont je parle. Je dirai seulement qu'il existe des lords chanceliers qui ont quelque plaisir à se rappeler les services qu'ils ont reçus d'un ami, et qui se font honneur de lui en prouver leur reconnaissance. Tel était celui que j'allais voir et j'étais un de ses meilleurs et de ses plus anciens amis.

C'est une belle chose de vivre dans un pays, où un homme qui a des talens et des connaissances, peut s'élever par son seul mérite aux premières dignités de l'état. C'est ce qu'avait fait mon ami. Je fus assez heureux pour le trouver chez lui.

« Eh bien, lui dis-je en entrant, et en ne lui donnant d'autre titre que son nom, liberté que je me permettais avec lui, je viens vous demander une faveur. »

— « J'en suis charmé. Voilà plusieurs années que vous me le promettiez, et vous ne l'aviez pas encore fait. Cependant, qui peut y avoir plus de droits que vous ? »

— « Vous conviendrez donc que je
viens vous demander le paiement d'une
dette et de ses intérêts. Je ne vous tien-
drai pas en suspens. Je viens vous demander la cure de.... »

— « La cure de....? Elle n'est pas vacante. Le titulaire est vieux, il a près de
quatre-vingts ans, mais il se porte
bien. »

— « Il est probable qu'il n'existe plus.
Voici une lettre d'affaires que je viens
de recevoir de cette ville, et l'on m'y
mande, comme nouvelle, qu'il est à
l'agonie. »

Je parlais encore, qu'un exprès vint
lui annoncer la mort du titulaire.

« Vous n'oublierez pas, lui dis-je,
que je suis le premier en date? »

— « C'est une des meilleures cures
qui soient à ma disposition, et.... »

— « Et je suis un de vos meilleurs amis. »

— « Sans contredit, mais un des ministres m'a témoigné le désir..... »

« — D'avoir ce qu'il n'aura pas. En
un mot, il me faut cette cure : il me la

faut pour un jeune homme qui en est digne, pour Arthur Mérital, dont vous savez que le père a toujours été fidèle au parti du gouvernement. Il la lui faut pour qu'il puisse épouser lady Marie, fille aînée de lord Vaurien, esclave dévoué des ministres, comme vous le savez : vous voyez qu'il s'agit de favoriser le mariage de ce que je pourrais appeler deux enfans de la balle. Quel ministre pourrait le trouver mauvais ? »

— « Sans doute. Vous savez combien je désire vous obliger, cependant.... »

— « Cependant, vous ne me refuserez pas ! Indépendamment du plaisir que vous trouverez à m'obliger, à assurer le bonheur de ces deux jeunes gens, vous aurez encore celui de mortifier votre éternel antagoniste, ce misérable lord Lawless que vous trouvez en toute occasion à la chambre dans les rangs de l'opposition, et qui fait la cour à lady Marie du consentement de ses parens. »

Après avoir fait un appel aux affections de l'ami, aux sentimens de l'homme de

bien, je crus pouvoir mettre aussi en
jeu par ce dernier moyen les passions
du ministre. J'ignore si ce fut ce moyen
qui le décida, mais il me promit la cure,
et avant de le quitter j'eus le plaisir de
le voir répondre à deux lettres qui la lui
demandaient, qu'elle était déjà accordée.

Je me rendis ensuite chez lord Vaurien. Il était seul avec sa femme et tous
deux avaient l'air de fort mauvaise humeur. J'appris alors qu'ils avaient
voulu le matin obtenir de lady Marie
la promesse formelle qu'elle épouserait
lord Lawless, et qu'elle s'y était péremp-
toirement refusée.

« J'apprends, milord, dis-je en entrant
que votre dessein et celui de lady Vaurien est de donner votre fille lady Marie
en mariage à lord Lawless, et qu'elle a
peine à se décider à cette union. Veuillez
croire que cette question ne m'est pas
inspirée par une vaine curiosité. »

Lord Vaurien me répondit sur-le-
champ que la chose était vraie, tandis
que les petits yeux pénétrans de sa digne

épouse étaient fixés sur les miens comme
si elle eût voulu lire au fond de mon
âme.

« Sachez donc, milord, ajoutai-je,
que j'ai l'aveu de lady Marie pour vous
demander sa main pour moi-même,
et qu'elle consent à m'épouser, si j'ob-
tiens votre agrément. »

« Vous! vous! s'écrièrent-ils à la fois
d'un air rayonnant de joie.

— « Oui, milord; oui milady; et je
le sollicite aux mêmes conditions que
lord Lawless vous avait offertes. Je ne
veux point de dot, et je me charge de
l'établissement de trois de vos enfans.—
Vous savez sans doute que ma fortune
est infiniment supérieure à celle de lord
Lawless, et je crois pouvoir ajouter que
je jouis d'un peu plus de crédit. »

« Oh! sans doute; s'écria lady Vaurien;
et nous savons en outre que si vous nous
faites une promesse, vous la tiendrez;
tandis que c'est tout au plus si nous
osions compter sur celles de lord Lawless.
En vérité! Marie a bien caché son jeu!

nous étions loin de nous douter que si elle refusait lord Lawless c'était par attachement pour vous. »

« Par attachement pour moi! répétai-je indigné, et en jetant sur elle un regard méprisant, non! vous êtes mieux instruite. Mais, milord, vous ne me dites pas si je puis espérer votre consentement? »

— « Je vous le donne du meilleur cœur, avec le plus grand plaisir! c'est un bonheur pour moi de n'être pas forcé de sacrifier ma fille aux intérêts de sa famille! »

«Vous ne la sacrifiez pas moins, milord; lui dis-je d'un air grave : Quand même je serais d'un âge proportionné à celui de lady Marie, ce n'en serait pas moins un sacrifice, puisqu'elle en aime un autre. »

« Un autre! s'écria lady Vaurien : nous pensions.... nous espérions.... »

— « Non, milady, vous saviez, vous savez le contraire. Vous n'ignorez pas que le cœur de votre fille s'est donné à

12*

Arthur Mérital, et cependant vous vou-
liez la forcer à épouser.... Dieu sait quel
homme! »

— « Oh! sous tous les rapports, je
vous préfère à lui, M. Tilney; mais pour
ce dernier mariage, je ne puis réellement le regarder comme un sacrifice. »

— « J'en suis fâché pour vous, milady;
car un mariage d'intérêt n'est à mes yeux
qu'une prostitution légale. Mais il faut
que je réclame votre attention et votre
patience, car j'ai à vous raconter des
choses dont il est indispensable que
vous soyez instruits. »

Ils me promirent tout ce que je voulais; ils donnèrent ordre que leur porte
fût fermée à tout le monde; il n'est
rien qu'ils n'eussent fait pour moi en ce
moment; car, n'allais-je pas devenir
leur gendre, et n'avais-je pas un revenu
de plusieurs milliers de livres sterling?

Je vais maintenant paraître ce que
je suis. Car j'ai quelques prétentions à
être un *héros de roman*, et c'est mon
histoire que je vais commencer; mais

j'aurais désiré la raconter à des auditeurs plus attentifs et plus respectables. Le mari semblait pourtant écouter chaque mot que je prononçais ; mais les yeux de sa femme se reportaient sans cesse sur un superbe brillant que je portais en solitaire, et elle se disait sans doute.

« Peut-être en fera-t-il présent à Marie ; peut-être Marie me le donnera-t-elle. » Mais je deviens prolixe ; entrons en matière.

« Vous savez peut-être déjà, leur dis-je, que l'immense fortune de mon aïeule, fortune qui venait du commerce, avait été assurée au second fils de mon père, sans doute pour le mettre en état d'acheter un titre. Je n'étais que le troisième, et ce ne fut que par la mort d'un de mes frères que je recueillis cet héritage. Mais quand il m'arriva, il ne pouvait plus avoir de charmes pour moi, et il ne fit naître en mon cœur que des regrets inutiles.

« Et vous ne cherchâtes pas sur-le-champ, à vous assurer un titre ? » dit lady Vaurien.

— « Non, milady. » La seule femme
avec laquelle j'aurais désiré le partager,
était devenue l'épouse d'un autre. Pour
elle, les distinctions m'auraient été pré-
cieuses; mais mon ambition s'évanouit
avec mes espérances. J'avais aimé, aimé
passionnément, j'avais été aimé de
même; mais à cette époque je n'étais que
le troisième fils du comte d'Oldworth,
par conséquent sans fortune, au lieu
que celle de ma maîtresse était considérable : sa famille lui défendit de songer
à moi. Mais j'étais sûr de ma constance
et de la sienne : j'attendis les événemens
avec patience, espérant que quelque
chance me deviendrait favorable. Je fis
un voyage sur le Continent, et j'appris
à mon retour qu'elle avait épousé un de
mes rivaux, un homme immensément
riche; je n'ose encore me rappeler le
désespoir dans lequel cette nouvelle me
jeta, et je fus quelque temps presque
privé de l'usage de ma raison.

« Je me souvins d'une chanson que
je lui avais entendu répéter bien des fois

en changeant quelques vers, elle s'appli-
quait parfaitement à ma situation; car
il s'agissait d'un amant trompé par sa
maîtresse, qui lui pardonne, et qui ne
veut se venger de sa perfidie qu'en faisant des vœux pour son bonheur. J'y
fis ces changemens, je la copiai ensuite,
et ayant saisi un instant où elle passait
seule dans sa voiture dans Bond-Street,
je l'y jetai par la portière. Je ne fis que
l'entrevoir; elle me parut aussi belle
que jamais, quoique plus maigre et plus
pâle qu'autrefois; je n'osai m'exposer à
la revoir encore, je repartis pour le
continent, mais je ne fis pas seul ce
voyage. Mon excellente mère voulut
m'accompagner, et ce fut grace à sa tendresse et à ses soins que mon désespoir
se changea en une douleur calme que
quarante ans n'ont pas dissipée. Ce
fut à cette époque que j'entrai en
possession de la fortune de ma grand
mère. Mais il était trop tard, elle ne pouvait rien pour mon bonheur.

« Ma mère retourna en Angleterre

quand elle me vit plus calme, et je passai quelques années en France et en Italie. A la mort de mon père, j'accourus à Londres pour offrir à ma mère mes consolations comme elle m'avait prodigué les siennes. J'appris que l'époux de Marie avait perdu au jeu toute sa fortune et celle de sa femme, qu'il avait passé en Amérique, et qu'il l'avait laissée dans un état voisin de la misère. J'étais donc alors riche, et elle était pauvre. Appelez ce sentiment une faiblesse si vous le voulez; mais malgré son inconstance, je ne pus supporter l'idée de la savoir dans la pauvreté, et j'aurais, je crois, donné la moitié de ma fortune pour pouvoir lui faire accepter l'autre.

« A la mort de mon père, ma mère s'était retirée dans une maison de campagne qu'elle avait près de Clifton. J'allais quelquefois me promener le matin jusques dans cette ville, uniquement pour changer de place et prendre de l'exercice. Un jour je me trouvai derrière une femme mise très-simplement, qui

paraissait souffrante, et qui semblait
marcher avec peine, quoique appuyée
sur le bras d'une servante. S'étant re-
tournée par hasard, elle m'aperçut,
poussa un grand cri, et tomba évanouie.
Je la reçus dans mes bras, et je la trans-
portai dans une boutique vis-à-vis de laquelle nous nous trouvions. Mais jugez
de ce que j'éprouvai quand je reconnus
en elle cette Marie, toujours si tendrement chérie! Elle ne tarda pas à reprendre ses sens, et je perdis le souvenir de
tout le passé pour me rappeler seulement
qu'elle s'était trouvée mal et que ma présence avait produit cet effet. On ne peut
oublier les sensations qu'on éprouve en
de pareils instans; mais c'est une folie
que d'essayer de les peindre; qu'il me
suffise de vous dire que j'insistai pour
la reconduire à son logement.—Quel logement! obscur, malsain, presque
sans mobilier: je lui demandai la permission de la revoir le lendemain. Elle
ne me l'accorda point, mais elle n'eut
pas la force de me la refuser, j'inter-

prétai son silence comme un consentement ; je me présentai chez elle le jour
suivant ; elle refusa de me recevoir; j'y
retournai encore plusieurs fois ; toujours même refus.

« Enfin, j'appris qu'elle était fort mal,
et même dans le plus grand danger.
Tous les jours, presqu'à toute heure,
j'étais à sa porte pour en avoir des nouvelles. Un jour, la domestique me remit une lettre qui m'était adressée. Mon
cœur en reconnut l'écriture plutôt que
mes yeux ; car elle était horriblement
changée.

« Je courus à l'hôtel où je logeais
quand j'allais à Clifton, et m'enfermant
dans ma chambre, je lus ce qui suit :

« Je sens que ma fin est prochaine,
« et comme on dit que la mort rompt
« tous les liens, dégage de toutes les
« obligations, je crois pouvoir me ha-
« sarder à découvrir tous les secrets de
« mon cœur, et je bénis son approche,
« qui me donne ce privilége.

« Sachez-donc que je vous ai toujours

« aimé, que je n'ai jamais aimé que vous.
« On m'assura que vous m'aviez man-
« qué de foi ; on fit même annoncer vo-
« tre mariage dans un journal qu'on eut
« soin de me faire lire. Cette ruse fut
« inutile ; elle me trompa, mais je dé-
« clarai que votre inconstance ne serait
« pas une excuse pour la mienne.

   « On eut recours à un moyen plus
« terrible. Mon père me menaça de se
« tuer si je n'épousais M. Desmond ; il
« me dit qu'il lui devait une somme
« considérable, qu'il était hors d'état de
« payer, et dont il ne pouvait s'acquit-
« ter qu'en lui donnant ma main. Je re-
« fusai d'abord de le croire. Il m'en
« donna des preuves, prit un pistolet,
« parut prêt à s'en servir. Ce moyen
« n'était pas neuf ; on l'avait employé
« bien des fois, mais avec moi il réus-
« sit. Je me mariai, sans chercher à
« m'excuser auprès de vous, et cepen-
« dant je sentais que j'étais excusable.

   « Jugez de ce que j'éprouvai quand je
« lus les lignes touchantes que vous je-

« tâtes dans ma voiture , lignes qui me
« rappelèrent un temps plus heureux !
« Mon premier mouvement fut de vous
« écrire pour me justifier ; le second fut
« de réprimer ce dessein peu généreux
« et peut-être coupable. « Non , me dis-
« je , s'il me croit indigne de lui , il peut
« m'oublier , et être encore heureux ;
« mais s'il apprend que j'ai été trompée,
« que je ne suis pas coupable , il m'ai-
« mera encore , me cherchera peut-être ;
« et qui sait si j'aurai la force de résis-
« ter à mon propre cœur ?

  « La première vertu consiste à fuir la
« tentation. C'est d'après ce principe
« que je me refusai la consolation de
« vous écrire. O mon cher Tilney , ma
« conscience ne peut-elle pas trouver
« un secret plaisir dans cette conduite ?
« Ne dois-je pas m'applaudir de m'être
« méfiée de moi-même ? Peut-être dois-
« je à cette précaution la douceur de me
« trouver sur mon lit de mort sans y
« être entourée de remords et de re-
« grets.

« Je n'ai plus rien à ajouter, sinon
« que mon mari sachant que je ne l'avais
« jamais aimé; et me soupçonnant de
« vous aimer toujours, eut constam-
« ment pour moi les plus mauvais pro-
« cédés, et que je fus réduite à me ré-
« jouir de la perte de notre fortune,
« parce qu'elle me délivra de ses persé-
« cutions. Depuis l'instant de mon ma-
« riage, la coupe amère du chagrin a
« empoisonné les sources de mon exis-
« tence, et la nature épuisée est sur le
« point de défaillir.

« Je viens de vous ouvrir mon cœur,
« et ce sera une consolation dans mes
« derniers instants de savoir que vous
« chérirez ma mémoire au lieu de la
« maudire. Mais il est nécessaire à mon
« repos que vous songiez à ce que je
« dois au soin de ma réputation. Seule
« et sans protection, je ne pourrais ni
« ne devrais recevoir vos visites, quand
« même ma santé me le permettrait, et
« je suis sûre que vous-même vous ne
« voudriez pas être cause que la moindre

« tache, le moindre reproche pût s'at-
« tacher à mon nom. Nous nous sommes
« vus pour la dernière fois. Votre con-
« duite m'a prouvé que vous m'aviez
« pardonné ma faute, même avant d'en
« connaître l'excuse ; c'est le seul plaisir
« que j'aie goûté depuis bien des années,
« et ce souvenir adoucira mes derniers
« momens.

« Adieu, le plus chéri des hommes,
« que Dieu veille sur vous! Sûrement,
« bien sûrement, l'espérance que nous
« nous retrouverons dans un autre
« monde ne peut être une illusion. »

MARIE.

Je ne lus pas cette lettre en entier à
mes deux nobles auditeurs, je ne fis que
leur en indiquer le sujet. C'était bien
assez pour eux, et je continuai ma nar-
ration en ces termes :

« Dès que j'eus terminé cette lecture,
je montai à cheval, et me rendis au
grand galop chez ma mère. A peine

arrivé, je courus à elle et lui mis cette lettre entre les mains sans pouvoir prononcer un seul mot.

« Elle la lut en versant des larmes, et me dit : Que voulez-vous que je fasse ?

— « Ce que votre cœur vous inspirera. »

— « Je vous entends, me dit-elle ; » et écrivant quelques lignes, elle demanda sa voiture.

« Lord Vaurien, dis-je après un instant de silence, vous rappelez-vous ma mère ?

— « Si je me la rappelle, M. Tilney ! je serais honteux d'avoir oublié une femme qui était l'honneur et l'ornement de son sexe. Je me souviens comme j'étais fier quand elle daignait accepter ma main pour aller joindre sa voiture. Il n'y avait pas un jeune homme qui ne s'efforçât de se respecter lui-même pour être jugé digne de rendre des respects à une femme aussi vertueuse.

« Je vous remercie, milord, répliquai-je, vivement ému du juste tribut qu'il payait à la mémoire d'une mère incomparable, et je continuai mon récit.

« Ce fut cet être si respectable et si respecté, milord, qui se chargea de donner des soins à ma pauvre Marie. Elle se rendit sur-le-champ à Clifton, lui envoya un billet qu'elle lui avait écrit pour lui demander la permission de se présenter chez elle, et Marie sensible à cette attention, y voyant une nouvelle preuve de mon pardon et de mon respect ne put se refuser à la recevoir. Elle consentit à tout ce que voulut ma mère, et dans la même soirée, elle fut transportée avec soin dans un des meilleurs et des plus beaux logemens qu'on put trouver dans la ville.

« Ma mère y resta avec elle, lui prodigua les plus tendres soins, et comme il était impossible que la calomnie osât attaquer une femme qui était sous la protection de la comtesse d'Oldworth, Marie consentit à me voir une fois ou deux par semaine en présence de ma mère, et sa santé semblait commencer à se rétablir quand elle reçut la nouvelle de la mort de son mari. »

« Il était impossible que cet événement lui occasionnât un grand chagrin, et elle était trop franche pour affecter une douleur qu'elle n'éprouvait point. Elle avait pourtant trop de bonté d'âme et de sensibilité pour s'en réjouir. Quant à moi, j'avoue que je le regardai comme le garant de mon bonheur futur. Je laissai passer trois mois sans oser parler à Marie de mes désirs et de mes espérances; elle me promit alors de combler mes vœux à l'expiration de son deuil, et ma mère heureuse de ma félicité, attendait avec impatience l'instant qui devait enfin l'assurer.

« Marie était toujours d'une grande faiblesse ; elle éprouvait de temps en temps des difficultés de respirer qui nous donnaient encore quelques inquiétudes, mais elle s'efforçait de les calmer, et un jour qu'elle avait eu une de ces rechutes, »Tilney, me dit-elle, que nous serons

heureux après toutes nos souffrances! »
Mais au même instant elle fut saisie d'un
frisson général, une convulsion y suc-
céda, et elle expira sans pousser un seul
gémissement. »

Je ne pus en dire davantage, et je
m'en fuis dans une chambre voisine,
pour me livrer sans témoins à une
émotion que je ne croyais point par-
tagée. Peut-être cependant ne rendais-
je pas justice à lord Vaurien, et je crus
remarquer sur ses traits, quand je rentrai, qu'il n'avait pas écouté avec insen-
sibilité l'histoire de mes chagrins et de
mes malheurs. J'en conclus que puisqu'il
avait quelques sentimens d'accord avec
les miens, il était impossible qu'il eût
jamais aimé lady Vaurien.

« Maintenant, milord, lui dis-je,
j'arrive à la partie de mon histoire qui
va vous faire connaître pourquoi j'ai dû
vous donner de si longs détails.

« Le coup dont je venais d'être frappé,
me fut d'autant plus sensible que j'avais
conçu plus d'espoir. Mais j'avais si long-

temps supporté l'affliction , j'avais pendant tant d'années renoncé à toute espérance de bonheur, que j'en fus moins
accablé que je n'aurais pu le croire. Il
me restait d'ailleurs la consolation de
penser que j'avais adouci les derniers
momens de l'être que je chérissais le
plus ; que ma propre mère avait été sa
consolation et son appui ; enfin que
toute sa vie avait été telle qu'elle devait
jouir alors de cette félicité parfaite près
de laquelle tout le bonheur qu'on peut
goûter en ce monde n'est qu'une ombre
et une chimère. Je formai divers plans
pour me distraire de mes chagrins d'une
manière qui pût être utile à mes semblables, et je les soumis à ma mère qui
les approuva tous. Mais je vois que je
fatigue l'attention de lady Vaurien. »

« Oh ! mon dieu non ! dit lady Vaurien
en luttant inutilement contre une envie
de bâiller : ce récit m'intéresse infiniment ; ne cherchez pas à l'abréger. »

— « Voici donc un des plans que je
formai. Voulant avant de mourir sau-

ver un couple intéressant du malheur
d'être sacrifié aux calculs de parens
égoïstes et intéressés, et éviter à une
jeune personne les maux dont ma pauvre Marie avait été victime par suite d'un
mariage fait contre son gré, je plaçai
dans les fonds publics une somme que
je résolus de consacrer à faciliter le
mariage de deux jeunes gens à l'union
desquels le défaut de fortune mettrait
obstacle, et qui par suite de la cupidité
de leurs parens seraient exposés au danger d'en former une contre laquelle leur
cœur se révolterait et dont Dieu même
se trouverait offensé.

« Depuis plus de vingt ans, je n'ai
touché ni à cette somme ni aux intérêts
qu'elle a produits, et que j'ai chaque année
ajoutés au principal, de manière qu'elle
est assez considérable aujourd'hui pour
me fournir les moyens d'établir conve-
nablement même plus d'une jeune
demoiselle ; et je regarde cet emploi que
j'en veux faire comme le plus digne
tribut que je puisse payer à la mémoire

et aux infortunes de celle qui m'a été si chère.

« Ecoutez-moi donc maintenant, milord. Je vous réitère ma promesse solemnelle de pourvoir à l'établissement de trois de vos enfans ; mais je n'aspire point à la main de lady Marie : qu'elle épouse l'homme dont son cœur a fait choix, et je me charge de lui donner une dot suffisante. »

« De tout mon cœur ! » s'écria lord Vaurien.

« Mais, monsieur, dit lady Vaurien, Arthur Mérital n'a rien ! »

— « Il a le cœur de votre fille, milady, il a des talens et des vertus. »

— « Fort bien, monsieur ; mais cela ne suffit pas pour vivre, et lady Marie n'a pas été habituée aux privations. »

— « Et si je vous dis, milady, que j'ai la certitude que sous très peu de jours M. Mérital sera nommé à une cure de quinze cent livres sterling, (36,000 liv.) cela pourra-t-il vous satisfaire ? »

— « Oh ! sans contredit, et si vous ne

pensez réellement pas à épouser Marie
vous même.... »

— « A l'épouser, milady! après ce que
je sais! quelle opinion avez-vous donc
de moi ? fi ! lady Vaurien, je rougis pour
vous. »

« Et moi aussi, dit lord Vaurien ; et
je me réjouis de tout mon cœur du
bonheur de cette chère enfant. Mais,
mon cher monsieur, comment pour-
rons-nous vous témoigner notre reconnaissance ? »

— « En n'en parlant point. Vous pouvez pourtant m'obliger en n'instruisant
pas lady Marie de nos projets, et en me
laissant le plaisir de lui apprendre la
vérité. Dites lui seulement que je vous
ai fait mes propositions, et qu'elles ont
reçu votre agrément. »

Ils me le promirent, et il fut convenu
que je viendrais dîner avec eux comme
amant déclaré et accepté de lady Marie.

Ce jour fut bien certainement le plus
heureux de ma vie. J'étais sûr d'avoir
servi d'instrument à la providence pour

combler les desirs de deux cœurs ver-
tueux, de deux jeunes gens que j'estimais ; et je sentis que je n'avais pas vécu
en vain.

Je me proposais alors de me rendre
chez Arthur ; mais craignant de ne pas
le trouver, je passai chez moi pour lui
écrire une lettre où je lui expliquais tout
ce qui venait de se passer, et où je l'in-
vitais à venir chez lord Vaurien dans la
soirée, et à me faire demander en y
arrivant. Elle fut pourtant inutile, car
il était chez lui ; mais j'étais dans un tel
enthousiasme, que je l'abordai ma lettre
à la main, comme si la parole eut dû
me manquer : il me trouva sans doute
un air fort extraordinaire ; car il montra
beaucoup de surprise de ma visite inattendue, et ne pensa pas même à m'offrir
une chaise.

J'étais moi-même assez embarassé de
ma situation : il fallait pourtant entrer
en matière.

« Eh bien, monsieur, lui dis-je, vous
m'avez dit ce matin que vous ne deviez

13*

pas vous marier, et cependant je viens
d'apprendre le contraire. »

« Oseriez vous douter de ce que j'assure, monsieur? » me dit-il en me regardant d'un air presque menaçant.

— « Nullement, mon cher monsieur ;
mais je suis très certain que vous êtes à
la veille de vous marier. »

— « Je vous proteste qu'il n'en est rien.
Je croyais, monsieur, que vous saviez...
que vous soupçonniez au moins..... »

— « Oui, monsieur ; je sais, je soupçonne, mais ce dont je suis infiniment
sûr c'est que votre mariage va se conclure..... et avec lady Marie. »

— « Monsieur, s'écria-t-il en pâlissant,
une plaisanterie si déplacée, une si
cruelle insulte, n'étaient pas ce que j'aurais attendu de vous. »

— « Vous avez raison, monsieur ; ce
que je vous dis a l'air d'une plaisanterie,
je suis un vieux fou ; mais je suis trop
heureux, trop content pour pouvoir
agir et parler raisonnablement ; mais

tenez, lisez cette lettre, et peut-être me pardonnerez-vous. »

Je lui remis la lettre que j'avais pré-parée ; heureux jeune homme ! je lisais sur son visage expressif tous les senti-mens qui l'agitaient, et tout en jouissant de son bonheur, le souvenir de ma pauvre Marie me causait des regrets bien cuisans !

Avant de l'avoir lue toute entière, il s'écria : « c'en est trop, monsieur, c'en est trop ! » et se précipitant dans une chambre voisine, dont il ferma la porte après lui, il y resta enfermé quelques minutes ; revenant ensuite, les yeux mouillés de larmes d'attendrissement et de plaisir, il me prit vivement la main.

— « Que puis-je vous dire, monsieur ? comment vous exprimer toute ma recon-naissance ! »

— « Vous ne m'en devez point. Je ne vous donne lady Marie que pour m'en débarrasser. »

— « Que voulez-vous dire, monsieur ?

— « La vérité ; il faudrait que je l'épousasse, si vous ne l'épousiez point :

elle est venue m'offrir sa main, et me
prier de l'accepter, et c'est pour me
mettre à couvert de cette attaque que
je vous ai mis en avant. »

— « Vous voulez plaisanter, mon
cher monsieur ! »

— « Pas le moins du monde. Je parle
très-sérieusement. Elle vous croyait
inconstant; on la persécutait pour épouser lord Lawless, et elle voulait m'é-
pouser pour se mettre à l'abri de ses
poursuites. »

— « Cela ne m'étonne pas, monsieur. Je crois pourtant que j'aurais
préféré qu'elle devînt lady Lawless; car
une fois votre épouse, elle aurait fort
bien pu m'oublier. »

Était-ce un compliment flatteur ? Et
ce brave jeune homme, avec ce peu de
mots, n'acquittait-il pas amplement
toutes les obligations qu'il m'avait ?

« Je vous remercie, lui dis-je, mais je
ne puis rester davantage. Venez ce soir
chez lord Vaurien, et laissez-moi le soin
du reste. »

Je rentrai chez moi. Je tâchai de calmer un peu l'agitation de mon esprit, et ayant fait ma toilette, je me rendis, à l'heure du dîner, chez le père de ma future.

J'y trouvai bien du changement. La pauvre Marie, après m'avoir si vivement pressé de l'épouser, ayant appris de ses parens que mes propositions avaient déjà été faites et acceptées, trouvait sans doute que j'avais été bien vîte en besogne, et elle me reçut avec une sorte de froideur que je sentais que je n'avais pas méritée. Je résolus donc de l'en punir un peu, tout en la préparant à ce qui allait arriver; et en lui donnant la main pour la conduire dans la salle à manger. « Eh bien, lui dis-je, la nouvelle du mariage de M. Arthur n'était pas vraie. »

« C'est ce que je viens d'apprendre de ma sœur, monsieur, me répondit-elle. »

Pauvre enfant! je n'eus plus besoin alors de chercher la cause de sa froideur, et cependant je résolus de m'en venger, et je me fis un plaisir malin de prolonger ses souffrances pendant quelques heures.

Enfin on vint me dire que quelqu'un demandait à me parler.

M'adressant alors à lady Marie, je lui dis que mes propositions ayant été acceptées par lord et lady Vaurien, c'était à elle à fixer l'époque de son mariage, et que j'espérais qu'elle ne le remettrait pas à un temps trop éloigné.

« Faut-il donc tant de précipitation ? s'écria-t-elle d'une voix tremblante, et en pâlissant. Il me semble que dans quelques mois….. »

— « Dans quelques mois ! Ah ! lady Marie, faites attention à mon âge ! mais peut-être voulez-vous courir la chance de tout ce qui peut m'arriver dans cet intervalle ? »

Elle rougit ; elle se reprocha sans doute son ingratitude, et me dit en respirant à peine : « Eh bien, monsieur, que ce soit donc dans quelques semaines. »

— «J'espérais que vous auriez dit quelques jours. »

Son père et sa mère se joignirent à moi pour insister ; mais elle fut inébranlable.

Je lui dis alors que je lui demandais la permission de lui présenter un de mes amis qui devait jouer un rôle important dans la cérémonie du mariage, et que je désirais qu'elle pût voir le plutôt possible. J'ajoutai en souriant que j'étais tellement attaché à cet ami, qu'il me serait impossible de souffrir que le mariage se fît sans lui.

Lord et lady Vaurien me comprirent parfaitement ; mais lady Marie était trop troublée, et elle s'attendait trop peu à ce qui allait arriver, pour faire attention au double sens que couvraient mes paroles. Elle s'imagina que je voulais lui présenter le ministre qui célébrerait la cérémonie de notre mariage, et cette idée lui était insupportable,

J'allai chercher Arthur. En me voyant rentrer avec lui, lady Marie jeta un grand cri, et tomba sans connaissance

entre les bras de son père. Je commen-
çai à me reprocher d'avoir poussé les
choses trop loin ; et de n'avoir pas assez
ménagé la sensibilité de *ma* future ;
mais elle reprit ses sens presque aussitôt, et ce fut pour renaître en même
temps au bonheur ; car elle n'eut pas
besoin d'une bien longue explication
pour être au fait de tout ce qui se passait, et la vue de la félicité de ces deux
amans fut le baume le plus salutaire
que les blessures de mon cœur eussent
reçu depuis long-temps.

Lady Marie, dans la même soirée,
consentit que son mariage fût célébré
dans *quelques jours*, quoique peu d'instans auparavant elle eût voulu le différer
de *quelques semaines*, et c'est ainsi que
s'écroula l'édifice de vanité que ses propositions séduisantes avaient pu élever
dans mon esprit. J'ai même attendu inutilement jusqu'à ce jour qu'elle consolât
mon amour-propre en me disant : « Ah !
Monsieur Tilney, pourquoi ne m'avez-
vous pas épousée ? »

FIN DU DEUXIÈME VOLUME.

En cas de négligence des parens, il sera du devoir du Juge de Paix d'instruire lui-même le Tribunal du District, en la personne de son Président ou du Commissaire du Roi, des contestations relatives à cette nomination, afin que les mineurs ne restent pas trop long-temps sans défenseurs.

Il est encore à observer que si, après la délibération de la famille portant nomination d'un tuteur, il s'élève des réclamations, soit de la part de certains parens, soit de la part de la personne même à qui la tutelle aurait été déférée et qui ferait refus de l'accepter, ces réclamations devront être portées devant le Tribunal du District, et non devant le Juge de Paix qui, aux termes de l'article déjà cité, ne peut connaître d'aucun objet litigieux en cette partie.

CHAPITRE III.

DES ÉMANCIPATIONS ET NOMINATIONS DE CURATEURS.

Lorsque les mineurs sont en âge de puberté, c'est-à-dire 14 ans pour les garçons, et 12 ans pour les filles, il est assez d'usage de les faire émanciper, même lorsqu'il y a père ou mère survivant, afin de les faire jouir dès ce moment des biens que leur père ou mère prédécédé leur a laissés, et d'éviter les embarras d'une tutelle, presque toujours aussi désagréable pour les mineurs que pour celui qui en est chargé.

E ij

www.ingramcontent.com/pod-product-compliance
Lightning Source LLC
Chambersburg PA
CBHW071900020726
47502CB00003B/830